同题散文经典

陈子善 蔡翔 ◎ 编

朱自清 徐志摩 等 ◎ 著

谈抽烟
吸烟与文化

人民文学出版社

图书在版编目(CIP)数据

谈抽烟 吸烟与文化 / 朱自清等著；陈子善，蔡翔编.
—北京：人民文学出版社，2017(2024.10 重印)
（同题散文经典）
ISBN 978-7-02-012906-5

Ⅰ.①谈… Ⅱ.①朱… ②陈… ③蔡… Ⅲ.①散文集
-中国-现代②散文集-中国-当代 Ⅳ.①I266

中国版本图书馆 CIP 数据核字(2017)第 117066 号

责任编辑：卜艳冰 张玉贞
封面设计：汪佳诗

出版发行　人民文学出版社
社　　址　北京市朝内大街 166 号
邮政编码　100705

印　　刷　山东新华印务有限公司
经　　销　全国新华书店等

开　　本　890 毫米×1240 毫米　1/32
印　　张　5.25
插　　页　2
字　　数　123 千字
版　　次　2017 年 7 月北京第 1 版
印　　次　2024 年 10 月第 3 次印刷

书　　号　978-7-02-012906-5
定　　价　39.00 元

如有印装质量问题，请与本社图书销售中心调换。电话：010 - 65233595

编辑例言

中国素来是散文大国，古之文章，已传唱千世。而至现代，散文再度勃兴，名篇佳作，亦不胜枚举。散文一体，论者尽有不同解释，但涉及风格之丰富多样，语言之精湛凝练，名家又皆首肯之。因此，在时下"图像时代"或曰"速食文化"的阅读气氛中，重读散文经典，便又有了感觉母语魅力的意义。

本着这样的心愿，我们对中国现当代的散文名篇进行了重新分类编选。比如，春、夏、秋、冬，比如风、花、雪、月……等等。这样的分类编选，可能会被时贤议为机械，但其好处却在于每册的内容相对集中，似乎也更方便一般读者的阅读。

这套丛书将分批编选出版，并冠之以不同名称。选文中一些现代作家的行文习惯和用词可能与当下的规范不一致，为尊重历史原貌，一律不予更动。考虑到丛书主要面向一般读者，选文不再注明出处。由于编选者识见有限，挂一漏万在所难免，遗珠之憾也将存在。这些都只能在日后逐步弥补，敬请读者诸君多多指教。

目录

烟

烟卷

◎朱湘

我吸烟是近四年来的事——从前我所进的学校里，是禁止烟酒的——不过我同烟卷发生关系，却是已经二十年了。那是说的烟卷盒中的画片，我在十岁左右的时候，便开始攒聚了。到如今还记得我当时对于那些画片的搜罗带着多么大的热情，正如我当时对于攒聚各色的手工纸、各国的邮票那样。有的是由家里的烟卷盒中取来的，恨不得大人一天能抽十盒烟才好；还有的是用制钱——当时还用制钱——去，跑去，杂货铺里买来的。儿童时代也自有儿童时代的欢喜与失望：单就搜集画片这一项来说，我还记得当时如有一天那烟盒中的画片要是与从前的重复了，并不是一张新的，至少有半天，我的情感是要梗滞着，不舒服，徒然地在心中希冀着改变那既成的事实。攒聚全了一套画片的时候，心里又是多么欢喜！那便是一个成人与他所恋爱的女子结了婚，一个在政界上钻营的人一旦得了肥缺，当时所体验到的鼓舞，也不能在程度上超越过去。

便是烟卷盒中的画片这一种小件的东西，从中都能窥得出社会上风气的转移。如今的画片，千篇一律的，是印着时装的女子，或是侠义小说中的情节；这一种的风气，在另一方面表现出来，便是肉欲小说与新侠义小说的风行，再在另一方面表现出来，便是跳舞馆像雨后春笋一般地竖立起来，未成年的幼者弃家弃业地去求侠客的记载不断地出现于报纸之上。在二十年前，也未尝没有西洋美女的照相画片——性，那原是古今中外一律的一种强有力的引诱；在十年以前，我自己还拿十岁时候所攒聚的西洋美女的照相画片里的一张剪出来，插在钱夹里。也未尝没有《水浒》上一百零八人的画片——《水浒》，它本来是一部文学价值极高、深入民心、程度又深的书籍，可以算是古代的白话文学中唯一能将男性充分发挥出来的长篇小说，(我当时的失望啊，为了再也搜罗不到玉麒麟卢俊义这张画片的缘故!)——不过在二十年前，也同时有军舰的照相画片，英国各时代的名舰的画片，海陆军官的照相画片，世界上各地方出产的画片……这二十年以来，外国对于我国的态度无可异议地是改变了，期待改变成了藐视，理想上的希望改变成了实际上的取利；由画片这一小项来看，都可以明显地看见了。

当时我所攒聚的各种画片之内，有一种是我所最喜欢的，并不是为的它印刷精美，也不是为的它搜罗繁难。它是在每张之上画出来一句成语或一联的意义，而那些的绘画，或许是不自觉的，多少含有一些滑稽的意味。"若是功夫深，钝铁磨成针"、"爬得高，跌得重"，以及许多同类的成语，都寓庄于谐地在绘画中实体演现了出来，映入了一个上"修身"课、读古文的高小学生的视觉……当时还没有《儿童世界》、《小朋友》，这一种的画片便成为我童年时代的《儿童世界》、《小朋友》了。

画片，这不过是烟卷盒中的附属品，为了吸烟卷的家庭中那般儿童而预备的，在中国这个教育，尤其是儿童教育落伍的国家，一切含有教育意义的事物，当然都是应该欢迎、提倡的。

不过就一般为吸烟而吸烟的人说来,画片可以说是视而不见的;所以在出售于外国的高低各种,出售于中国的一些烟盒、烟罐之内,画片这一项节目是除去了。

烟卷的气味我是从小就闻惯了,嗅它的时候,我自然也是感觉到有一种香味,还有些时候,我撮拢了双掌,将烟气向嗅官招了来闻;至于吸烟,少年时代的我也未尝没有尝试过,但是并没有尝出了什么好处来,像吃甜味的糖、咸味的菜那样,所以便弃置了不去继续,并且在心里坚信着,大人的话是不错的,他们不是说了,烟卷虽是嗅着烟气算香,吸起来都是没有什么甜头,并且晕脑的么?

我正式第一次抽烟卷,是在二十六岁左右,在美国西部等船回国的时候;我正式第一次所抽的烟卷,是美国国内最通行的一种烟卷,"幸中"(Lucky Strike)。因为我在报纸、杂志之上时常看到这种烟卷的触目的广告,而我对于烟卷又完全是一个外行,当时为了等船期内的无聊,感觉到抽烟卷也算得一条便利的出路,于是我的"幸中"便落在这一种烟卷的身上。

船过日本的时候,也抽过日本的国产烟卷,小号的,用了日本的国产火柴,小匣的。

回国以后,服务于一个古旧狭窄的省会之内;那时正是"美丽牌"初兴的时候,我因为它含有一点甜味,或许烟叶是用甘草焙过的,我便抽它。也曾经断过烟,不过数日之后,发现口腔内部的软骨肉上起了一些水泡,大概是因为初由水料清洁的外国回来,漱口时用不惯霉菌充斥着的江水、井水的缘故,于是烟卷又照旧吸了起来,数日之后,那些口内的水泡居然无形中消失了;从此以后,抽烟卷便成为我的一种习惯了。

医学所说的烟卷有毒的这一类话，报纸上所登载的某医生主张烟卷有益于人体以及某人用烟卷支持了多日的生存的那一类消息，我同样不介于怀……大家都抽烟卷，我为什么不？如其他是有毒的，那么，茶叶也是有毒的，而茶叶在中国原是一种民需，又是一种骚人墨客的清赏品，并且由中国销行到了全世界，好像烟草由热带流传遍了全世界那样。有人说，古代的饮料，中国幸亏有茶，西方幸亏有啤酒，不然，都去喝冷水，恐怕人种早已绝迹于地面了；这或许是一种快意之言，不过，事物都是有正面与反面的。烟，酒，据医学而言，都是有毒的，但是鸦片与白兰地，医生也拿来治病。一种物件我们不能说是有毒或无毒，只能说，适当，不适当的程度，在使用的时候。

抽烟卷正式成为我的一种习惯以后，我便由一天几支加到了一天几十支，并且，驱于好奇心，迫于环境，各种的烟卷我都抽到了，江苏菜一般的"佛及尼"与四川菜一般的"埃及"，舶来品与国货，小号与"Grandeur"，"Navy cut"与"Straight cut"，橡皮头与非橡皮头，带纸咀的与不带纸咀的，"大炮台"与"大英牌"，纸包与"听"与方铁盒。我并非一个为吸烟而吸烟的人——这一点我自认，当然是我所自觉惭愧的——我之所以吸烟，完全是开端于无聊，继续与习惯，好像我之所以生存那样。买烟卷的时候，我并不限定于那一种；只是买得了不辣咽喉的烟卷的时候，我决不买辣咽喉的烟卷；这个若算是我对于烟卷之选择上的一种限定，也未尝不可。吸烟上的我的立场，正像我在幼年搜罗画片、采集邮票时的立场，又像一班人狎妓时的立场；道地的一句话，它便是一般人在生活享受上的立场。

我咀嚼生活，并不曾咀嚼出多少的滋味来，那么，我之不知烟味而做了一个吸烟的人，也多少可以自宽自解了。我只知道，优好的烟卷浓而不辣，恶劣的烟卷辣而不浓；至于普通的烟卷，则是相近而相忘的，除非到了那一时没得抽或是抽得太多支的时候。

橡皮头自然是方便的，不过我个人总嫌它是一种滑头，不能叼在唇皮之上，增加一种切肤的亲密的快感；那时有时要被那烟卷上的稻纸带下了一块唇皮，流出了少量的血来，我终究觉得那偶尔的牺牲还是值得的，我终究觉得"非橡皮头"还是比橡皮头好。

烟嘴这个问题，好像个人的生活这个问题、中国的出路这个问题一样，我也曾经慎重地考虑过。烟嘴与橡皮头，它们的创作是基于同一的理由。不过烟嘴在用了几天以后，气管中便会发生一种交通不便的现象，在这种关头上，烟油与烟气便并立于交战的地位，终于烟油越裹越多，烟气越来越少，烟嘴便失去烟嘴的功效了。原来是图清洁的，如今反而不洁了；吸烟原来是要吸入烟气到口中、喉内的，如今是双唇与双颊用了许多的力量，也不能吸到若干的烟气，一任那火神将烟卷无补于实际地燃烧成了白灰、黑灰。肃清烟嘴中的积滞，那是一种不讨欢喜的工作；虽说吸烟是为了有的是闲工夫，却很少有人愿意将他的闲工夫用在扫清烟嘴中的烟油这种工作之上。我宁可去直接地吸一支畅快的烟，取得我所想要取得的满足，即使熏黄了食指与中指的指尖。

有时候，道学气一发作，我也曾经发过狠去戒烟，但是，早晨醒来的时候，喉咙里总免不了要发痒，吐痰……我又发一个狠，忍住；到了吃完午饭以后，这时候是一饱解百忧，对于百事都是怀抱着一种一任其所之、于我并无妨害的态度，于是便记起来自已发狠来戒烟的这桩事情，于是便拍着肚皮地自笑起

烟

来,戒烟不戒烟,这也算不了怎么一回大事,肚子饱了,不必去考虑罢……啊,那一夜半天以后的第一口深吸!这或者便是道学气的好久,消极的。

还有时候,当然是手头十分窘急的时候,"省俭"这个布衣的、面貌清癯的神道教我不要抽烟,他又说,这一层就算办不到,至少是要限定每天吸用的支数。于是我便用了一只空罐装好今天所要吸的支数;这样实行了几天,或是一天,又发生了一种阻折,大半是作诗,使得我背叛了神旨,在晚间的空罐内五支五支地再加进去烟卷。我,以及一般人,真是愚蠢得不可救药,宁可享受在一次之内疯狂地去吞烟了,在事后去受苦、自责,决不肯,决不能机械地将它分配开来,长久地去享用!

烟卷,我说过了,我是与它相近而相忘的;倒是与烟卷有边带关系的项目,有些我是觉得津津有味,时常来取出它们于"回忆"的池水,拿来仔细品尝的。这或许是幼时好搜罗画片的那种童性的遗留。也许,在这个世界上,事物的本身原来是没有什么滋味,它们的滋味全在附带的枝节之上。

烟罐的装潢,据我个人的嗜好而言,是"加利克"最好。或许是因为我是一个有些好"发思古之幽情"的文人,所以那种以一个蜚声于英国古代的伶人作牌号的烟卷,烟罐上印有他的像,又引有一个英国古代的文人赞美烟草的话,最博得我的欢心。正如一朵花,由美人的手中递与了我们,拿着它的时候,我们在花的美丽上又增加了美丽的联想。

广告,烟卷业在这上面所耗去的金钱真正不少。实际说来,将这笔巨大的广告费转用在烟卷的实质的增丰之上,岂不使得购买烟卷的人更受实惠么？像一些反对一切广告的人那样，我从前对于烟卷的广告，也曾经这样想过。如今知道了，不然。人类的感觉，思想是最囿于自我、最漠于外界的……所以自从天地开辟以来，自从创世以来，苹果尽管由树上落到地上，要到牛顿，他才悟出来此中的道理；没有一根拦头的棒，实体的或是抽象的，来系上他的肉体，人是不会在感觉、思想之上有什么反应的。没有鲜明刺目的广告，人们便引不起对于一种货品的注意。广告并不仅仅只限于货品之上，求爱者的修饰、衣着便是求爱者的广告，政治家的宣言便是政治家的广告，甚至于每个人的言语、行为，它们也便是每个人的广告。广告既然是一种基于人性的需要，那么，充分地去发展它，即使消费大量的金钱，那也是不能算作浪费的。

广告还有一种功用，增加愉快的联想。"幸中"这种烟卷在广告方面采用了一种特殊的策略；在每期的杂志上，它的广告总是一帧名伶、名歌者的彩色的像，下面印有这最要保养咽喉的人的一封证明这种烟并不伤害咽喉的信件，页底印着，最重要的一层，这名伶、名歌者的亲笔签名。或许这个签字是公司方面用金钱买来的（这种烟也无异于他种的烟，受恩的人并不至于受良心上的责备）。购买这种烟卷的人呢，我们也不能说他们是受了愚弄，因为这种烟卷的售价并没有因了这一场的广告而增高——进一步说，宗教，爱国，如其益处撇开了不提，我们也未尝不能说它们是愚弄。这一场的广告，当然增加了这种烟卷的销路，同时，也给予了购买者以一种愉快的联想；本来是一种平凡的烟卷，而购吸者却能泛起来一种幻想，那位名伶、名歌者也同时在吸用着它。又有一种广告，上面画着一个酷似《它的女子》Clara Bow 的半身女像，撮拢了她血红的双唇,唇显得很厚,口显得很圆,她又高昂起她的下巴,低垂着她的眼睑,一双瞳子向下望着;这幅富于暗示与联想的广告,我们简直可以说是不亚于魏尔伦(Verlaine)的一首漂亮的小诗了。

抽烟卷也可以说是我命中所注定了的,因为由十岁起,我便看惯了它的一种变相的广告,画片。

何容先生的戒烟

◎老舍

首先要声明:这里所说的烟是香烟,不是鸦片。

从武汉到重庆,我老同何容先生在一间屋子里,一直到前年八月间。在武汉的时候,我们都吸"大前门"或"使馆牌";"小大英"似乎都不够味儿。到了重庆,"小大英"似乎变了质,越来越"够"味儿了,"大前门"与"使馆牌"倒仿佛没了什么意思。慢慢的,"刀牌"与"哈德门"又变成我们的朋友,而与"小大英",不管是谁主动吧,好像冷淡得日甚一日。不久,"刀牌"与"哈德门"又与我们发生了意见,差不多要绝交的样子。何容先生就决定戒烟!

在他戒烟之前,我已声明过:"先上吊,后戒烟!"本来吗,"弃妇抛难"地流亡在外,吃不敢进大三元,喝么也不过是清一色(黄酒贵,只好吃点白干),女友不敢去交,男友一律是穷光蛋,住是二人一室,睡是臭虫满床,再不吸两支香烟,还活着干吗呢?可是,一看何容先生戒烟,我到底受了感动,既觉自己无勇,又钦佩他的伟大;所以,他在屋里,我几乎不敢动手取烟,以免摇动他的坚决!

何容先生那天整睡了十六个钟头,一支烟没吸!醒来,已是黄昏,他便独自走出去。我没敢陪他出去,怕不留神递给他一支烟,破了戒!掌灯之后,他回来了,满面红光的,含着笑从

烟

口袋中掏出一包土产卷烟来。"你尝尝这个。"他客气地让我，"才一个铜板一支！有这个，似乎就不必戒烟了；没有必要！"把烟接过来，我没敢说什么，怕伤了他的尊严。面对面地，把烟燃上。我俩细细地欣赏。头一口就惊人，冒的是黄烟，我以为他误把爆竹买来了！烧了一会儿，还好，并没有爆炸，就放胆继续地吸。吸了不到四五口，我看见蚊子都争着往外边飞！我很高兴，既吸烟，又驱蚊，太可贵了！再吸几口之后，墙上又发现了臭虫，大概也要搬家。我更高兴了！吸到了半支，何容先生与我也跑出去了！他低声说："看样子，还得戒烟！"

何容先生二次戒烟，有半天之久。当天的下午，他买来了烟斗与烟叶。"几毛钱的烟叶，够吃三四天的，何必一定戒烟呢！"他说。吸了几天的烟斗，他发现了：（一）不便携带；（二）不用力，抽不到；用力，烟油射在舌头上；（三）费洋火；（四）须天天收拾，麻烦！有此四弊，他就戒了斗烟，而又吸上香烟了。"始作烟卷者，其无后乎？"他说。

最近两年来，何容先生不知戒了多少次烟了，而指头上始终是黄的。

烟

◎吴组缃

自从物价高涨，最先受到威胁的，在我，是吸烟。每日三餐，孩子们捧起碗来，向桌上一瞪眼，就撅起了小嘴巴；没有肉吃。"爸爸每天吸一包烟，一包烟就是一斤多肉！"我分明听见那些乌溜溜的眼睛这样抱怨着。干脆把烟戒了吧；但以往我有过多少次经验的：十天半个月不吸，原很容易办到，可是易戒难守，要想从此戒绝，我觉得比旧时代妇女守节难得多。活到今天，还要吃这个苦？心里觉得不甘愿。

我开始吸劣等烟卷，就是像磁器口街头制造的那等货色，吸一口，喉管里一阵辣，不停地咳呛，口发涩，脸发红，鼻子里直冒火；有一等的一上嘴，卷纸就裂开了肚皮；有一等的叭嗒半天，不冒一丝烟星儿。我被折顿得心烦意躁，每天无缘无故要多发几次不小的脾气。

内人赶场回来，笑嘻嘻地对我说："我买了个好的东西赠你，你试试行不行。"她为我买来一把竹子做的水烟袋，还有一包上等的水烟丝，那叫做麻油烟。我是乡村里长大的，最初吸烟，并且吸上了所谓瘾，就正是这水烟。这是我的老朋友，它被我遗弃了大约二十年了。如今处此困境，看见它那副派头，不禁勾起我种种旧情，我不能不感觉欣喜。于是约略配备起来，呼啦呼啦吸着，并且看着那缭绕的青烟，凝着神，想。

烟

　　并非出于"酸葡萄"的心理,我是认真以为,要谈浓厚的趣味,要谈佳妙的情调,当然是吸这个水烟。这完全是一种生活的艺术,这是我们民族文化的结晶。

　　最先,你得会上水,稍微多上了一点,会喝一口辣汤;上少了,不会发出那舒畅的声音,使你得着奇异的愉悦之感。其次,你得会装烟丝,掐这么一个小球球,不多不少,在拇指食指之间一团一揉,不轻不重;而后放入烟杯子,恰如其分地捺它一下——否则,你别想吸出烟来。接着,你要吹纸捻儿,"卜陀"一口,吹着了那点火星儿,百发百中,这比变戏法还要有趣。当然,这吹的功夫,和搓纸捻儿的艺术有着关系,那纸,必须裁得不宽不窄;搓时必须不紧不松。从这全部过程上,一个人可以发挥他的天才,并且从而表现他的个性和风格。有胡子的老伯伯,慢腾腾地掐着烟丝,团着揉着,用他的拇指轻轻按进杯子,而后迟迟地吹着纸捻,吸出舒和的声响:这就表现了一种神韵,淳厚,圆润,老拙,有点像刘石庵的书法。年轻美貌的婢子,拈起纸捻,微微掀开口,"甫得",舌头轻轻探出牙齿,或是低头调整着纸捻的松紧,那手腕上的饰物颤动着:这风姿韵味自有一种秾纤柔媚之致,使你仿佛读到一章南唐词。风流儒雅的先生,漫不经意地装着烟丝,或是闲闲地顿着纸捻上的灰烬,而两眼却看着别处:这飘逸淡远的境界,岂不是有些近乎倪云林的山水。

　　关于全套烟具的整顿,除非那吸烟的是个孤老,总不必自己劳力。这类事,普通都是婢妾之流的功课;寒素一点的人家,也是由儿女小辈操理。讲究的,烟袋里盛的白糖水,吸出的烟就有甜隽之味;或者是甘草薄荷水,可以解热清胃;其次则盛以米汤,简陋的才用白开水。烟袋必须每日一洗刷,三五日一次大打整。我所知道的，擦烟袋是用"瓦灰"。取两片瓦，磨出灰粉，再过一次小纱筛，提取极细的细末；这可以把白铜烟袋擦得晶莹雪亮，像一面哈哈镜，照出扁脸阔嘴巴来，而不致擦损那上面的精致镂刻。此外，冬夏须有托套。夏天用劈得至精至细的竹丝或龙须草编成，以防手汗；冬天则用绸缎制的，或丝线织的，以免冰手。这种托套上面，都织着或绣着各种图案：福字，寿字，长命富贵，吉祥如意，以及龙凤牡丹，卐字不断头之类。托上至颈头，还系有丝带，线绳，饰着田字结蝴蝶结和璎珞。这些都是家中女流的手工。密切关联的一件事，就是搓纸捻儿，不但有粗细、松紧之不同，在尾端作结时，也有种种的办法。不讲究地随手扭它一下，只要不散便算。考究的，叠得整齐利落，例如"公子帽"；或折得玲珑美观，比如"方胜"。在这尾结上，往往染上颜色，有喜庆的人家染红，居丧在孝的人家染蓝。这搓、纸捻的表心纸也有讲究。春三月间，庭园里的珠兰着花，每天早晨及时采集，匀整地铺在喷湿的薄棉纸里，一层层放到表心纸里熨着，使香味浸透纸质。这种表心纸搓成纸捻儿，一经点燃，随着袅袅的青烟散发极其淳雅淡素的幽香，拂人鼻官，留在齿颊，弥漫而又飘忽，使你想见凌波仙子，空谷佳人。其次用玉兰，茉莉。若用桂花，栀子花，那就显得雅得有点俗气。所有这一切配备料理的工作，是简陋还是繁缛，村俗还是高雅，丑恶还是优美，寒碜还是华贵，粗劣还是工致，草率还是谨严，笨拙还是灵巧，等等；最可表现吸烟者的身份和一个人家的家风。贾母史太君若是吸水烟，拿出来的派头一定和刘姥姥的不同；天长杜府杜少卿老爷家的烟袋也一定和南京鲍庭玺家的不同，这不须说的。一位老先生，手里托着一把整洁美致的烟袋，就说明他的婢仆不怠惰，他的儿女媳妇勤慎,聪明,孝顺,他是个有家教、有福气的人。又如到人家作客,递来一把烟袋,杯子里烟垢滞塞,托把上烟末狼藉,这总是败落的门户;一个人家拖出一个纸捻,粗壮如手指,松散如王妈妈的裹脚布,这往往是懒惰不爱好没教养混日子的人家。

吸水烟,显然的,是一种闲中之趣,是一种闲逸生活的消遣与享受。它的真正效用,并不在于吸出烟来过瘾。终天辛苦的劳动者们忙里偷闲,急着抢着,脸红脖子粗地狼吞虎咽几口,匆匆丢开,这总是为过瘾。但这用的必是毛竹旱烟杆。水烟的妙用决不在此。比如上面说的那位老先生,他只需把他的那把洁净美观的烟袋托在手里,他就具体显现了他的福气,因此他可以成天拿着烟袋,而未必吸一二口烟,纸捻烧完一根,他叫他的小孩儿再为他点一根;趁这时候,他可以摸一摸这孩儿的头,拍拍孩儿的小下巴。在这当中,他享受到的该多么丰富,多么深厚!又比如一位有身家的先生,当他擎着烟袋,大腿架着二腿,安静自在地坐着,慢条斯理地装着烟丝,从容舒徐地吸个一口半口,这也就把他的闲逸之乐着上了颜色,使他格外鲜明地意识到生之欢喜。

一个人要不是性情孤僻,或者有奇特的洁癖,他的烟袋总不会由他个人独用。哥哥和老弟对坐谈着家常,一把水烟袋递过来又递过去,他们的手足之情因而愈见得深切。妯娌们避着公婆的眼,两三个人躲在一起大胆偷吸几袋,就仿佛同过患难,平日心中纵然有些芥蒂,也可化除得干干净净。亲戚朋友们聚谈,这个吸完,好好地再装一袋,而后谨慎地抹一抹嘴头,恭恭敬敬地递给另一人;这人客气地站起来,含笑接到手里。这样,一把烟袋从这个手递到那个手,从这个嘴传到那个嘴,于是益发显得大家庄敬而有礼貌,彼此的心益发密切无间,谈话的空气益发亲热和融和。同样的,在别种场合,比如商店伙计同事们当晚间收了店,大家聚集在后厅摆一会龙门阵,也必须有一把烟袋相与传递,才能使笑声格外响亮,兴致格外浓厚;再如江湖旅客们投店歇夜,饭后洗了脚,带着三分酒意,大家团坐着,夏天摇着扇子,冬天围着几块炭火,也因店老板一把水烟袋,而使得陌生的人们谈锋活泼,渐渐地肺腑相见,俨然成了最相知的老朋友。当然,在这些递传着吸烟的人们之中,免不得有患疮疥肺痨和花柳病的;在他们客气地用手或帕子抹一抹嘴头递过去时,那些手也许刚刚抠过脚丫、搔过癣疥,那帕子也许拭过汗擤过鼻涕;但是全不相干,谁也不会介意这些的,你知道我们中国讲的原是精神文明。

　　洋派的抽烟卷几有这些妙用,有这些趣味与情致么?第一,它的制度过于简单了便,出不了什么花样。你最多到市上买个象牙烟嘴自来取灯儿什么的,但这么些枯索而没有意味;你从那些上面体味不到一点别人对于你的关切与用心,以及一点人情的温暖。第二,你燃着一支短小的烟卷在手,任你多大天才,也没手脚可做,最巧的也不过耍点小聪明喷几个烟圈儿,试想比起托着水烟袋的那番韵味与风趣,何其幼稚可笑!第三,你只能独自个儿吸;要敬朋友烟,你只能打开烟盒,让他自己另取一支。若像某些中国人所做的,把一支烟吸过几口,又递给别人,或是从别人嘴上取过来,衔到自己嘴里,那叫旁人看着可真不顺眼。如此,你和朋友叙晤,你吸你的,他吸他的,彼此之间表示一种意思,是他嫌恶你,你也嫌恶他,显见出心的距离,精神的隔阂。你们纵是交谊很深,正谈着知心的话,也好像在接洽事物,交涉条件或谈判什么买卖,看来没有温厚亲贴的情感可言。

是的,精神文明,家长统治,家族本位制度,闲散的艺术化生活,是我们这个古老农业民族生活文化的特质;我们从吸水烟的这件事上,已经看了出来。这和以西洋工业文化为背景的烟卷儿——它所表现的特性是:物质文明,个人或社会本位制度,紧张的、力讲效率的科学化生活——是全然不同的。

我不禁大大悲哀起来。因为我想到目前内在与外在的生活,已不能与吸水烟相协调。我自己必须劳动,唯劳动给我喜悦。可是,上讲堂、伏案写字、外出散步,固然不能托着水烟袋,即使在读书看报时,我也定会感觉到很大的不便。而且,不幸我的脑子又不可抵拒地染上了一些西洋色彩,拿着水烟在手,我只意识到自己的丑、迂腐、老气横秋,我已不能领会玩味出什么韵调和情致。至于同别人递传着烟袋,不生嫌恶之心,而享受或欣赏其中的温情与风趣,那我更办不到。再说,我有的只是个简单的小家庭,既没妾,也不能有婢。我的孩子平日在学校读书;我的女人除为平价米去办公而外,还得操作家事。他们不但不会、没空并且无心为我整备烟具,即使我自己,也不可能从这上面意识到感受到什么快乐幸福,像从前那些老爷太太们所能的。若叫我亲手来料理,我将不胜其忙而且烦。本是享乐的事,变成了苦役;那我倒宁愿把烟戒绝,不受这个罪!

客观形势已成过去,必要的条件也不再存在,而我还带着怀旧的欣喜之情,托着这把陋劣的、徒具形式的竹子烟袋吸着,我骤然发觉到:这简直是一个极大的嘲讽! 我有点毛骨悚然,连忙丢开了烟袋。

"不行,不行,我不吸这个。"

"为什么?"

"为什么? 因为,因为我要在世界上立足,我要活!"我乱七八糟地答。

"那是怎么讲,你?"她吃惊地望着我。

"总而言之,我还是得抽烟卷儿,而且不要磁器口的那等蹩脚货!"

1944 年 9 月 24 日

烟

香烟与香

◎林语堂

　　现在的世人,分为吸烟者和不吸烟者两类。吸烟者确然使不吸烟者略有些讨厌,但这种取厌不过是属于物质性质,而不吸烟者之取厌于吸烟者则是精神上的。不吸烟者之中,当然也有对吸烟者采取不干涉态度的人,为妻者之中,当然也有容许其丈夫在床上吸烟的,这种夫妻,显然是在婚姻上获有圆满结果的佳偶。但颇也有人以为不吸烟者在道德上较为高尚,以为他们具有一种可以傲人的美德,而不知他们已因此丧失了人类的最大乐趣之一。我很愿意承认吸烟是道德上的一个弱点,但在另一方面,一个没有道德弱点的人,也不是可以全然信任的。他惯于持严肃的态度,从不做错误的事情,他的习惯大概是有规则的,举动较为近于机械性,智能时常控制其心情。我很欢喜富于情理的人,也同样憎嫌专讲理智的人。因为这个理由,我踏进人家的屋子,而找不到烟灰缸时,我心中便会惊慌觉得不自在。这种屋子中,往往过于清洁有秩序,椅垫从不随意乱摆,主人也必是极严肃毫无情感的人。这将使我也不能不正襟危坐、力持礼貌,因而失去了一切的舒适。

　　这种毫无错误、正直而无感情、毫无诗意的人们,从不会领略吸烟在道德上和精神上裨益。但是我们这批吸烟者,每被人从道德而不是艺术方面加以攻击。所以,第一步我也须从道德方面加以辩护，而以为吸烟者的道德在大体上实在是较高于不吸者。口含烟斗者是最合我意的人，这种人都较为和蔼，较为恳切，较为坦白，又大都善于谈天。我总觉得我和这般人必能彼此结交相亲。我对珊克雷所说的话，极表同情。他说，烟斗从哲学家的口中引出智慧，也封闭愚拙者的口，使他缄默；它能产生一种沉思的、富有意思的、仁慈的和无虚饰的谈天风格。

吸烟者的手指当然较为污秽，但只要他心有热情，这又何妨。无论如何，沉思的、富有意思的、仁慈的和无虚饰的谈天风格究是罕遇之物。所以，须付一笔巨大的代价去享受它，也是值得的。最重要的一点是：口含烟斗的人都是快乐的，而快乐终是一切道德效能中之最大者。梅金和（Maggin）说："吸雪茄的人，从没有自杀者。"更确凿有据的事情是：吸管烟的人从不会同自己的太太吵嘴。其理由很明显，因为口含烟斗的人，同时绝不能高声叫骂。我从来没有见过如此的人。当一个人吸着管烟时，语音当然很低，一个吸烟的丈夫遇到发怒时，他的办法就是立刻点一支卷烟或一斗管烟吸起来，显出一些抑郁的神气。但这种神情不久即能消灭，因为他的怒气已有了发泄之处。即使他有意想把怒容维持下去，以表示他发怒的正当，或表示他受了侮辱，但事实上他绝不能持续。因为烟斗中的烟味是如此的和润悦性，以致他所贮着的怒气，早已在无意间，跟着一口一口喷出来的烟消逝了。所以聪明的妻子，当她看见丈夫快要发怒时，她应该赶紧拿烟斗塞在丈夫的口中，而说："得了，不必再提。"这个方法万试万灵。为妻者或许不能平抑丈夫的发怒，但烟斗则是从不失败的。

从一个吸烟者短期戒烟中所经历的忽忽若有所失的感

烟

觉,最足以显出吸烟的艺术和实际的价值。每个吸烟者一生之中,免不了在欠思量的时候忽有想和尼古丁女士脱离关系的尝试。但跟缥缈的良心责备经历了一番争斗之后,他必又重新恢复他的理智。我有一次,也很欠思量地戒烟三个星期。但后来终究为良心所驱使而重新走上正当的途径。从此我就立誓不再起叛逆之心,立誓在她的神座前做一个终身的敬信崇拜者,直到我年老无能,或许落入一个属于节制会的太太手中,而失去了自主的权力时为止。因为到了这种老年无能时期,一个人对于自己的一切行动当然无需再负责任了。但只要我的自主力和道德观念一日存在,则我必一日不做背叛的尝试。这个有功效的新发明所供给的精神上的动力和道德上的安宁观念是怎样的伟大,我们如若拒绝它,则岂不是不可赦的不道德行为吗?因为按照英国大生物化学家海尔盾(Haldane)的说法,吸烟是人类历史中四大发明之一,曾于人类文化上遗留下一种很深的生物性影响。

在我这次做懦夫的三个星期中,我竟会故意拒绝一件我所明知具有巨大的提升灵魂力量的东西。其经过实在极为可耻。现在我已恢复了理智。在清明中回想这件事时,我正不解当时这种道德的不负责任行为何以竟会维持到这般的久。我在这痛苦的三个星期中,内心日夜交战着。如要将这段经过描写出来,恐怕用三千句荷马(Homer)体的诗,或一百五十页小字的散文尚且写不尽哩。当时我的动机其实很可笑。我不解以宇宙中的人类而言,为什么不能吸烟?对这句问话,我现在实在找不出答语。我猜想当一个人只为了求一些克服抵抗力的乐趣,借此消磨他道德动力的暂时剩余,因而想做一种违反本性的举动时,这种不合情理的意旨或许就会在他的胸中产生。除了这个理由之外，我实在想不出我为什么会突然很愚蠢地决意戒烟。换句话说，当时我实在和许多人耽于瑞典式体操一样——为体操而体操，所费的力对于社会一无用处。我当时的举动，其实不过是如此的一种道德上的枉费力量罢了。

在最初的三天中，我当然觉得很无聊不自在。食道的上部尤其难受。为了消除这种不自在，我特地吃些重味的薄荷橡皮糖、福建茶和柠檬糖，居然在第三天即消灭了这种不快的感觉。但这不过是属于身体方面的，所以克服极其容易。而且照我事后想起来，实是这次争斗中最卑鄙的部分。倘若有人以为这已经包括这种卑鄙战争的全局，则他简直是在那里胡说八道。他们忘却了吸烟是一种精神上的行为。凡是对于吸烟精神上的意义毫无了解之人，竟可不必来妄论这件事情。三天之后，我已踏进第二个阶段。真正的精神上的交战也开始发生。我顿觉眼前金星乱碰。由这次的经验，我即发现世上实有两种吸烟人，而其中一种实在不能算为真正的吸烟者。在这种人之中并没有这第二个阶段。我因此方恍然知道为什么有许多人能毫不费力地戒除烟癖。他们之能摒除烟习如丢弃一支用旧的牙刷一般容易，即表明他们其实尚没有学会吸烟。有许多人还称赞他们的意志力坚强，但其实他们并不是真正的吸烟者，也从没有学会吸烟。在这一种人，吸烟不过是一种身体上的行为，如每天早晨的洗脸刷牙一般——只是一种身体的兽性的习惯，而并不具有灵魂上获得满足的质素。我很疑惑这种迁就事实的人们，是否能有一天调和他们的灵魂，而达到大诗人雪莱（Shelley）或卓宾（Chopin）所描写的境地，这种人于戒烟时并不感觉有什么不自在，他们或许觉得和自己那不进烟酒的太太共读《伊索寓言》是更为快乐一些的。

但在我们这种真正的吸烟者,则另外有一个烟酒不入的太太或爱读《伊索寓言》的丈夫所不能梦想其万一的问题。在我们,不久就显然知道这个举动不但是委屈自己,而且实在是毫无意义。见识和理智不久便会反抗而诘问:"一个人为了那一种社会的、政治的、道德的、生理的或经济的理由,而须有意识地用他自己的意志力去阻抑自己去企求那种完备的精神安乐,那种深切富有幻想的认识和具有充分反响的创造力的境地?"——这种境地是圆满享受和友人围炉聚谈,或阅读一本古书时使心中发生真正热情,或动笔著作时使文思佳句有节奏地泉涌出来所必需的境地。在这种时节,一个人天然觉得伸手去拿一支烟是道德上最正当的举动,而倘若去拿一块橡皮糖塞在口中以为替代便是一种罪恶。此处我当略举一二个我所经验的实例。

我的朋友某君从北平来探望我。我们阔别已经三十年。当同在北平时,我们时常促膝而坐,抽烟谈天,消磨晚间的时光。所谈者大都是政治、哲学和现代艺术等题目。我们此次久别重逢,自然有不少甜蜜的回忆。于是我们又随便谈天,谈谈以前在北平时所知道的许多教授、诗人和畸人。每谈到有趣味的话时,我心里屡次想到伸手去拿卷烟,但刚站了起来,便又强自抑制地缩回坐下。我的朋友则边吸边谈,十分恬然自得。我就告诉他,我已戒烟了,为了自尊起见,实在不愿当着他的面破戒。我嘴里虽如此说,但心底里实在觉得很不自在,使我在知己相对应该两情融洽、心意交流时,很不应该地装出冷淡富于理智的样子。所以这次谈天,大部分皆是我的朋友在说话,而我则好似只有半个人在场。后来我的朋友告辞去了。我好似做了一次凶残的争斗;虽借着意志力获得了胜利,但我自己深知实在非常不快乐。数日之后,这朋友在旅途中写了一封信给我说,我已不是从前那富于热情、狂放不羁的人。并说,或许因上海的环境不良,似致如此。那天晚上,我没有抽烟的过失,直到眼前,我尚不能宽恕自己。

又有一个晚上,某些知识界人士在某俱乐部里边集会。这种集会通常也是狂抽烟卷的时候。晚饭吃毕后,照例由一个到会者读一篇论文。这一晚的演讲者是某君,讲题是"宗教和革命"。议论透彻,妙绪环生。当中有一段说,冯玉祥已加入北方监理会,蒋介石决计加入南方监理会,所以有人猜测吴佩孚大概不久便会加入西方监理会云云。各人听到这里时,烟卷抽得更厉害,至于满室烟雾腾腾,好似全部气氛中也充满了尖利狂放的思想。诗人某君正坐在室中央,烟气从他的口里一阵一阵喷出来,化成一个个的圈儿,向上腾去如同鱼在水里吐气泡一般——显然已经沉于思想,十分快乐。当中只有我不抽烟,自觉好似一个被上帝所弃的罪人。我自己也已经觉得这件事情十分愚蠢,屡次思索我究竟为了什么理由而戒烟?但想来想去,终没有想出所以然来。

自此之后,我的良心渐渐啃蚀我的灵魂。因为我曾自问,没有想象的思想将成为什么东西?想象这东西哪里能够附在不吸烟者已经修剪的灰色翅膀上飞行。因此,某天的下午,我即去探望一位女友。我已预备在这天回头。当时室中只有我们主客两人,显然可以促膝而谈。女主人手中正拿着一支已燃着的烟卷,另一只手则拿着一个卷烟罐,斜着身躯,以极娇媚的态度向着我。我知道时机到了,所以我就伸手缓缓地向罐内取了一支,自己明白这一个举动已使我从一个道德堕落

烟

妄举中脱身出来。

我回家之后，立刻叫小童去买一听绞盘牌卷烟。我的写字台右边有一条焦痕，那是因为我习惯将香烟头放在这个老地方而留下的痕迹。据我的计算，这焦痕大概需七八年的工夫方能烧穿这二寸厚的台面。但为了我这次戒烟的间断，这焦痕竟许久没有添加深度。这使我看了很负疚。现在好了，我已照旧很快乐地把烟头放在原处，而烧炙台面的工作也能照常进行了。

中国文学中，提到淡巴菇的好处者很少，不像称赞酒类那么随处可见。因为吸烟的习惯直到十六世纪方始由葡萄牙水手传到中国的。我曾查遍这个时代以后的中国文学著作，但可称为有价值的赞美言词实在稀若麟毛。称赞淡巴菇抒情诗显然须如牛津大学般地方的文人方能著得出来。但中国人对于嗅觉也极灵敏。他们能领略茶酒食物之味即是一个证据。所以他们在淡巴菇未曾传入中国之前，另已发展了一种焚香的艺术。中国文学中提到这件事时，都视之为茶酒雅物之类。远在中国治权伸张到印度支那的汉朝时代，由南方所进贡的香料，即已为宫中和贵人的家中所焚用。讨论生活起居的书籍，其中必有一部分讲香料种类、质地和焚法。屠隆所著的《考槃余事》一书中，有一段焚香之趣的描写如下：

> 香之为用，其利最溥。物外高隐，坐语道德，焚之可以清心悦神。四更残月，兴味萧骚，焚之可以畅怀舒啸。晴窗塌帖，挥尘闲吟，温灯夜读，焚以远辟睡魔。谓古伴月可也。红袖在侧，秘语谈私，执手拥炉，焚以薰心热意。谓古助情可也。坐雨闭窗，午睡初足，就案学书，啜茗味淡，一炉初热，香蔼馥馥撩人。更宜醉筵醒客，皓月清宵，

冰弦戛指,长啸空楼,苍山极目,未残炉热,香雾隐隐绕帘。又可祛邪辟秽,随其所适,无施不可。品其最优者,伽南止矣。第购之甚艰,非山家所能卒办。其次莫若沉香。沉有三等,上者气太厚,而反嫌于辣;下者质太枯,而又涉于烟;惟中者约六七分一两,最滋润而幽甜,可称妙品。煮茗之余,即乘茶炉火便,取入香鼎,徐而爇之。当斯会心景界,俨居太清宫与上真游,不复知有人世矣。噫,快哉近世焚香者,不博真味,徒事好名,兼以诸香合成斗奇争巧,不知沉香出于然,其幽雅冲澹,自有一种不可形容之妙。

冒辟疆在他所著的《影梅庵忆语》中,描写他和爱姬董小宛的闺房之乐,屡次提到焚香之趣。中间有一节说:

> 姬每与余静坐香阁,细品茗香。官香诸品淫,沉水香俗。俗人以沉香著火上,烟扑油腻,顷刻而灭。无论香之性情未出,即著怀袖皆带焦腥。沉香坚致而纹横者,谓之"横隔沉",即四种沉香内革沉横纹者是也,其香特妙。又有沉水结而未成,如小笠大菌,名"蓬来香"。余多蓄之,每慢火隔砂,使不见烟,则阁中皆如风过伽楠,露沃蔷薇,热磨琥珀,酒倾犀斝之味。久蒸衾枕间,和以肌香,甜艳非常,梦魂俱适。

谈抽烟

◎朱自清

　　有人说，"抽烟有什么好处？还不如吃点口香糖，甜甜的，倒不错。"不用说，你知道这准是外行。口香糖也许不错，可是喜欢的怕是女人孩子居多；男人很少赏识这种玩意儿的；除非在美国，那儿怕有些个例外。一块口香糖得咀嚼老半天，还是嚼不完，凭你怎么斯文，那朵颐的样子，总遮掩不住，总有点儿不雅相。这其实不像抽烟，倒像衔橄榄。你见过衔着橄榄的人？腮帮子上凸出一块，嘴里不时地嗞儿嗞儿的。抽烟可用不着这么费劲；烟卷儿尤其省事，随便一叼上，悠然地就吸起来，谁也不来注意你。抽烟说不上是什么味道；勉强说，也许有点儿苦吧。但抽烟的不稀罕那"苦"而稀罕那"有点儿"。他的嘴太闷了，或者太闲了，就要这么点儿来凑个热闹，让他觉得嘴还是他的。嚼一块口香糖可就太多，甜甜的，够多腻味；而且有了糖也许便忘记了"我"。

　　抽烟其实是个玩意儿。就说抽卷烟吧，你打开匣子或罐子，抽出烟来，在桌上顿几下，衔上，擦洋火，点上。这期间每一个动作都带股劲儿，像做戏一般。自己也许不觉得，但到没有烟抽的时候，便觉得了。那时候你必然闲得无聊；特别是两只手，简直没处放。再说那吐出的烟，袅袅地缭绕着，也够你一回两回地捉摸；它可以领你走到顶远的地方去——即便在百忙当中，也可以让你轻松一忽儿。所以老于抽烟的人，一叼上烟，真能悠然遐想。他霎时间是个自由自在的身子，无论他是靠在沙发上的绅士，还是蹲在台阶上的瓦匠。有时候他还能够叼着烟和人说闲话；自然有些含含糊糊的，但是可喜的是那满不在乎的神气。这些大概也算是游戏三昧吧。

好些人抽烟，为的是有个伴儿。譬如说一个人单身住在北平，和朋友在一块儿，倒是有说有笑的，回家来，空屋子像水一样。这时候他可以摸出一支烟抽起来，借点儿暖气。黄昏来了，屋子里的东西只剩些轮廓，暂时懒得开灯，也可以点上一支烟，看烟头上的火一闪一闪的，像亲密的低语，只有自己听得出。要是生气，也不妨迁怒一下，使劲儿吸他十来口。客来了，若你倦了说不得话，或者找不出可说的，干坐着岂不着急？这时候最好拈起一支烟将嘴堵上，等你对面的人。若是他也这么办，便尽时间在烟子里爬过去。各人抓着一个新伴儿，大可以盘桓一会的。

从前抽水烟旱烟，不过一种不伤大雅的嗜好，现在抽烟却成了派头。抽烟卷儿指头黄了，由它去。用烟嘴不独麻烦，也小气，又跟烟隔得那么老远的。今儿大褂上一个窟窿，明儿坎肩上一个，由他去。一支烟里的尼古丁可以毒死一个小麻雀，也由它去。总之，别别扭扭的，其实也还是个"满不在乎"罢了。烟有好有坏，味有浓有淡，能够辨味的是内行，不择烟而抽的是大方之家。

烟

吸烟与文化（牛津）

◎徐志摩

一

牛津是世界上名声压得倒人的一个学府。牛津的秘密是它的导师制。导师的秘密，按利卡克教授说，是"对准了他的徒弟们抽烟"。真的在牛津或康桥要找一个不吸烟的学生是很费事的——先生更不用提。学会抽烟，学会沙发上古怪的坐法，学会半吞半吐地谈话——大学教育就够格儿了。"牛津人"，"康桥人"还不够抖吗？我如果有钱办学堂的话，利卡克说，我要做的第一件事情是造一间吸烟室，其次造宿舍，再次造图书室；真要到了有钱没地方花的时候再来造课堂。

二

怪不得有人就会说，原来英国学生就会吃烟，就会懒惰。臭绅士的架子！臭架子的绅士！难怪我们这年头背心上刺刺的老不舒服，原来我们中间也来了几个叫土巴菇烟臭熏出来的破绅士！

这年头说话得谨慎些。提起英国就犯嫌疑。贵族主义！

帝国主义！走狗！挖个坑埋了他！

实际上事情可不这么简单。侵略，压迫，该咒是一件事，别的事情不跟着走。至少我们得承认英国，就它本身说，是一个站得住的国家，英国人是有出息的民族。它是有组织的生活，它是有活气的文化。我们也得承认牛津或是康桥至少是一个十分可羡慕的学府，它们是英国文化生活的娘胎。多少伟大的政治家、学者、诗人、艺术家、科学家，是这两个学府的产儿——烟味儿给熏出来的。

三

利卡克的话不完全是俏皮话。"抽烟主义"是值得研究的。

但吸烟室究竟是怎么一回事？烟斗里如何抽得出文化真髓来？对准了学生抽烟怎样是英国教育的秘密？利卡克先生没有描写牛津、康桥生活的真相；他只这么说，他不曾说出一个所以然来。许有人愿意听听的，我想。我也在英国念过两年书，大部分的时间在康桥。但严格地说，我还是不够资格的。我当初并不是像我的朋友温源宁先生似的出了大金镑正式去请教熏烟的；我只是个，比方说，烤小半熟的白薯，离着焦味儿透香还正远呢。但我在康桥的日子可真是享福，生怕这辈子再也得不到那甜蜜的机会了。我不敢说康桥给了我多少学问或是教会了我什么。我不敢说受了康桥的洗礼，一个人就会变气息，脱凡胎。我敢说的只是——就我个人说，我的眼是康桥教我睁的，我的求知欲是康桥给我拨动的，我的自我意识是康桥给我胚胎的。我在美国有整两年，在英国也算是整两年。在美国我忙的是上课,听讲,写考卷,啃橡皮糖,看电影,赌咒。在康桥我忙的是散步,划船,骑自行车,抽烟,闲谈,吃五点钟茶、牛油烤饼,看闲书。如果我到美国的时候是一个不含糊的草包,我离开自由神的时候也还是原封没有动;但如果我在美国的时候不曾通窍,我在康桥的日子至少自己明白了原先只是一肚子颟顸。这分别不能算小。

我早想谈谈康桥,对它我有的是无限的柔情。但我又怕亵渎了它似的始终不曾出口。这年头!只要贵族教育一个无意识的口号就可以把牛顿、达尔文、米尔顿、拜伦、华兹华斯、阿诺尔德、纽门、罗刹蒂、格兰士顿等等的母校一下抹煞。再说年来交通便利了,各式各种日新月异的教育原理教育新制翩翩地从各个方向的外洋飞到中华,哪还容得厨房老过四百年墙壁上爬满骚胡髭一类藤萝的老书院一起来上讲坛?

四

但另换一个方向看去,我们也见到少数有见地的人,再也看不过国内高等教育的混沌现象,想跳开了踩烂的道儿,回头另寻新路走去。向外望去,现成有牛津康桥青藤缭绕的学院朝着你微笑;回头望去,五老峰下飞泉声中白鹿洞一类的书院瞅着你惆怅。这浪漫的思乡病跟着现代教育丑化的程度在少数人的心中一天深似一天。这机械性买卖性的教育够腻烦了,我们说。我们也要几间满沿着爬山虎的高雪克屋子来安息我们的灵性,我们说。我们也要一个绝对闲暇的环境好容我们的心智自由地发展去,我们说。

林语堂先生在《现代评论》登过一篇文章谈他的教育理

想。新近任叔永先生与他的夫人陈衡哲女士也发表了他们的教育理想。林先生的意思约莫记得是想仿效牛津一类学府；陈、任两位是要恢复书院制的精神。这两篇文章我认为是很重要的，尤其是陈、任两位的具体提议，但因为开倒车走回头路分明是不合时宜，他们几位的意思并不曾得到期望的回响。想来现在学者们太忙了，寻饭吃的，做官的，当革命领袖的，谁都不得闲，谁都不愿闲，结果当然没有人来关心什么纯粹教育（不含任何动机的学问）或是人格教育。这是个可憾的现象。

　　我自己也是深感这浪漫的思乡病的一个；我只要

　　草青人远，

　　一流冷涧……

　　但我们这想望的境界有容我们达到的一天吗？

1926 年 1 月 14 日

烟

吸烟

◎梁实秋

　　烟,也就是菸,译音曰淡巴菇。这种毒草,原产于中南美洲,遍传世界各地。到明朝,才传进中土。利马窦在明万历年间以鼻烟入贡,后来鼻烟就风靡了朝野。在欧洲,鼻烟是放在精美的小盒里,随身携带。吸时,以指端蘸鼻烟少许,向鼻孔一抹,猛吸之,怡然自得。我幼时常见我祖父辈的朋友不时在鼻孔处抹鼻烟,抹得鼻孔和上唇都染上焦黄的颜色。据说能明目祛疾,谁知道?我祖父不吸鼻烟,可是备有"十三太保",十二个小瓶环绕一个大瓶,瓶口紧包着一块黄褐色的布,各瓶品味不同,放在一个圆盘里,捧献在客人面前。我们中国人比欧人考究,随身携带鼻烟壶,玉的、翠的、玛瑙的、水晶的,精雕细镂,形状百出。有的山水图画是从透明的壶里面画的,真是鬼斧神工,不知是如何下笔的。壶有盖,盖下有小勺匙,以勺匙取鼻烟置一小玉垫上,然后用指端蘸而吸之。我家藏有鼻烟壶数十,丧乱中只带出了一个翡翠盖的白玉壶,里面还存了小半壶鼻烟,百余年后,烈味未除,试嗅一小勺,立刻连打喷嚏不能止。

　　我祖父抽旱烟,一尺多长的烟管,翡翠的烟嘴,白铜的烟袋锅(烟袋锅子是塾师敲打学生脑壳的利器,有过经验的人不会忘记)。著名的关东烟的烟叶子贮在一个绣花的红缎子葫芦形的荷包里。有些旱烟管四五尺长，若要点燃烟袋锅子里的烟草，则人非长臂猿，相当吃力，一时无人伺候则只好自己划一根火柴插在烟袋锅里，然后急速掉过头来抽吸。普通的旱烟管不那样长，那样长的不容易清洗。烟袋锅子里积的烟油，常用以塞进壁虎的嘴巴置之于死地。

我祖母抽水烟。水烟袋仿自阿拉伯人的水烟筒（hookah），不过我们中国制造的白铜水烟袋，形状乖巧得多。每天需要上下抖动地冲洗，呱嗒呱嗒地响。有一种特制的烟丝，兰州产，比较柔软。用表心纸揉纸媒儿，常是动员大人孩子一齐动手，成为一种乐事。经常保持一两只水烟袋作敬客之用。我记得每逢家里有病人，延请名医周立桐来看病，这位飘着胡须的老者总是昂首登堂直就后炕的上座，这时候送上盖碗茶和水烟袋，老人拿起水烟袋，装上烟草，突的一声吹燃了纸媒儿，呼噜呼噜抽上三两口，然后抽出烟袋管，把里面燃过的烟烬吹落在他自己的手心里，再投入面前的痰盂，而且投得准。这一套手法干净利落。抽过三五袋之后，呷一口茶，才开始说话："怎么？又是哪一位不舒服啦？"每次如此，活灵活现。

我父亲是饭后照例一支雪茄，随时补充纸烟，纸烟的铁罐打开来，嘶的一声响，先在里面的纸签上写启用的日期，借以考察每日消耗数量，不使之过高。雪茄形似飞艇，尖端上打个洞，叼在嘴里真不雅观，可是气味芬芳。纸烟中高级者都是舶来品，中下级者如强盗牌在民初左右风行一时，稍后如白锡包、粉包、国产的联珠、前门等等，皆为一般人所乐用。就中以粉包为特受欢迎的一种，因其烟支之粗细松紧正合吸海洛因者打"高射炮"之用。儿童最喜欢收集纸烟包中附置的彩色画片。好像是前门牌吧，附置的画片是《水浒传》一百零八条好汉的画像,如有人能搜集全套,可得什么什么的奖品,一时儿童们趋之若鹜。可怜那些热心的收集者,枉费心机,等了多久多久,那位及时雨宋公明就是不肯亮相!是否有人集得全套,只有天知道了。

常言道,"烟酒不分家",抽烟的人总是桌上放一罐烟,客来则敬烟,这是最起码的礼貌。可是到了抗战时期,这情形稍有改变。在后方,物资艰难,只有特殊人物才能从怀里掏出"幸运"、"骆驼"、"三五"、"毛利斯"在侪辈面前炫耀一番,只有豪门仕女才能双指夹着一支细长的红嘴的"法蒂玛"忸怩作态。一般人吸的是"双喜",等而下之的便要数"狗屁牌"(Gupid)香烟了。这亵渎爱神名义的纸烟,气味如何自不待言,奇的是卷烟纸上有涂抹不匀的硝,吸的时候会像儿童玩的烟火"滴滴金",噼噼啪啪作响、冒火星,令人吓一跳。饶是烟质不美,瘾君子还是不可一日无此君,而且通常是人各一包深藏在衣袋里面,不愿人知是何品牌,要吸时便伸手入袋,暗中摸索,然后突地抽出一支,点燃之后自得其乐。一听烟放在桌上任人取吸,那种场面不可复见。直到如今,大家元气稍复,敬烟之事已很寻常,但是开放式的一罐香烟经常放在桌上,仍不多见。

我吸纸烟始自留学时期,独身在外,无人禁制,而天涯羁旅,心绪如麻,看见别人吞云吐雾,自己也就效颦起来。此后若干年,由一日一包,而一日两包,而一日一听。约在二十年前,有一天心血来潮,我想试一试自己有多少克己的力量,不妨先从戒烟做起。马克·吐温说过:"戒烟是很容易的事,我一年戒过好几十次了。"我没有选择黄道吉日,也没有诹访室人,闷声不响地把剩余的纸烟一股脑儿丢在垃圾堆里,留下烟嘴、烟斗、烟包、打火机，以后分别赠给别人，只是烟灰缸没有抛弃。"冷火鸡"的戒烟法不大好受，一时间手足失措，六神无主，但是工作实在太忙，要发烟瘾没有工夫，实在熬不过就吃一块巧克力。巧克力尚未吃完一盒，又实在腻味，于是把巧克力也戒掉了。说来惭愧，我戒烟只此一遭，以后一直没有再戒过。

吸烟无益，可是很多人都说"不为无益之事何以遣有涯之生？"而且无益之事有很多是有甚于吸烟者，所以吸烟或不吸烟，应由各人自行权衡决定。有一个人吸烟，不知是为特技表演，还是为节省买烟钱，经常猛吸一口烟咽下肚，决不污染体外的空气，过了几年此人染了肺癌。我吸了几十年的烟，最后才改吸不花钱的新鲜空气。如果在公共场所遇到有人口里冒烟，甚至直向我的面前喷射毒雾，我便退避三舍，心里暗自诅咒："我过去就是这副讨人嫌恶的样子！"

烟

我的戒烟

◎吴强

一

　　我的吸烟史很长。一九二五年秋天,我在一所省立师范学校读书,因参加闹学潮,被开除回家,到一家酿造大曲酒的槽坊里当学徒的时候,就学着吸烟。那时,我才十五岁。我正式地大模大样地吸烟,是十八岁那年。当年,香烟风行一时,价钱又很便宜,五分钱就可以买一包十支装的"红金龙"、"白金龙",或者"北平牌"扁烟。开始,总是说"吸着玩的",时间长了,就说是"可以帮助思考",是用脑子的人所必需的了。一九三三年,我在上海一边上学读书,一边学习写作,烟吸得多,跟着,就吸上瘾了。记得当时通常吸的香烟是"五花牌"、"金鼠牌"、"美丽牌"等等,偶然也买上一包两包上等烟"白锡包"的。据说文人和烟酒是分不开的,很多作家都爱吸烟;不吸烟,文章就写不出来。我呢,想学学文人的派头。文章写得很少,烟却吸得熏黄了指头,染黑了牙齿。在抗日战争、人民解放战争期间,买不到烟,或者有烟无钱买,是常有的事情,但我总是想方设法地弄烟来吸,实在无法可想的时候,就买点黄烟丝,用小方纸卷着吸,好像没有烟吸就活不下去似的。烟草含有毒素,吸烟对人的肌体特别是对呼吸器官有害,烟吸得多的人,要患气管炎和肺气肿病症,百分之八十的肺癌是由吸烟造成,已是科学定论。一九六〇年冬天,我的气管炎病已经到了相当严重的程度。扁桃腺经常发炎、红肿,整夜咳嗽,痰多,睡不着觉。两次气管炎发作,体温升到三十九度以上,服药、打针,好几天不退烧。医生一再劝我戒烟,说吸烟的人,实际上是在进行慢性自杀。我确认医生说得全对,但却总是不能痛下决心,戒掉这个有害无益的劳什子。

建国以后,生活条件逐渐好了,好烟也比较多了,像"中华牌"、"双喜牌"、"云烟"等等,还有"凯歌"、"熊猫",烟丝金黄,香味浓郁,又强烈地诱惑着我,我便更不想戒了。一九五一、一九五二、一九五三、一九五四……我年复一年地照样地吸下去,而且置备了精良的吸烟工具:先从一个朋友那里讨来一只金黄色的钢精烟盒,后又在寄售店买得一只皮制的;一次到广东汕头去,从那儿又买来一只海柳木的烟嘴儿,在上海豫园商场的新产品试销店,看到新出产的气体打火机,便也买了一只,从这些吸烟家当的置办来看,我已经把吸烟当做生活上的一种享受,较之过去,有了更大的乐趣。我不但没有决心戒掉,而且下定决心不戒了。

一九五八年底,我害了一场病,住进医院,施行外科手术。大概由于生理上的巨大变化,使我的饮食口味,跟以前大不一样,烟一吸到口里,就感到又苦又辣,以至于要恶心呕吐;同时,严重的气管炎重又发作。这一回,我便不但自戒,而且向朋友们郑重宣布:我从此不再吸烟,戒了。跟着,把那只金黄色的钢精烟盒送还给了那位朋友,一只海柳木的烟嘴儿,也给了他。

烟

　　病好了,恢复了正常生活,一闻到烟味,嘴里又生出想吸烟的津液来。没有出乎朋友们的所料,出院不过三个月,先说是一支两支吸着玩的,不算吸烟,而后就跟往常一样,又一天一包,有时,二十支一包还不够吸,要加上七八支才行。遇到朋友,只好会心地笑笑,"戒烟"这两个字儿,是再也不好出口了。这一回,我想,吸烟和吃饭势必同我的生命永远与共,而不可改变。只有到我的呼吸停止了的一天,我不再吃饭,才会不再吸烟了。

　　时间的推移,事物的变化,常常迫使人们的生活状态跟着变化,就是说,人们在他生命的旅途中,往往会发生身不由己的事情。这是社会历史中常见的现象。但我万万没有想到,在我们这个社会主义社会正常运行的过程中,会突然地出现一九六六年那样"史无前例"的大风暴,闹得天昏地黑,千千万万真正的人,会一下子变成了"牛鬼蛇神",被拳打脚踢,横遭侮辱、污蔑、摧残、蹂躏。有的,被从十几层高楼的窗口推落下去;有的,被绳索捆绑起来,然后腿脚朝天,被扔到深渊竖井里去;即使有着盖世英名在革命史上建立过不朽功勋的将军甚至元帅,竟也不能幸免。像我这样一个普通的文化人,给打翻在地,再踏上一只脚,那当然不算什么稀奇了。

　　抄了我的家,文稿、笔记本、收音机、照相机、衣服、书籍、连同不过几百元的日用现钞,都包包捆捆抄走了。不久,人也被推上车子,送到不知名的地方,关了起来。谢天谢地! 没有将我置之死地,每个月还让我"不劳而获",拿到二十五块人民币,允许我吃饭,也允许我吸烟。在这种情形下,我不吃饭、不吸烟,干什么呢? 自然,"凯歌牌"、"熊猫牌"想也不用想,"上海牌"、"牡丹牌"也抽不上,"前门牌"、"光荣牌"三等货也不卖给"牛鬼蛇神"；要吸，只好吸吸"飞马"和"飞马"以下的"勇士牌"、"生产牌"。其味不但谈不上芬芳，而且吸到嘴里，觉得有一股苦涩的青草味，但也只好朝肚子里吞咽。成天坐在木板床床边上，从早晨六点半钟起身，到夜晚九点钟睡觉，除去吃三顿牢饭，或者写写"罪行交代"和"思想汇报"，就是正襟危坐在那里；在这种境界下，吸烟难道不是最好的一种生活方式？

一年半以后，我被从市区的牢房里拉出来，押到了东海边上的"五七"干校，离上海市区大概有一百四五十公里。进干校的，都称作"五七战士"，"光荣"极了。我和同我差不多的"牛鬼蛇神"，当然不配戴上这个金光闪闪的桂冠。我们做什么呢？养猪、种麦、种稻、种棉、种菜、挑水、挑大粪、挖泥、扛砖、运石块、卸煤、背纤、拉黄鱼车……一句话：劳动改造。

还是不许回家。但比起关在终年终日晒不到太阳的牢房里，在这儿，是"自由"得多了，海边上的空气带着一点腥气，却总比灰尘烟雾蔽天的市区清新得多，身体四肢也可以得到运动的机会，肌肉、筋骨也可以伸展松动，不至于日子久了，要僵化下去。只是觉得年过花甲，睡的上铺，要爬上爬下，干的活儿，强度很大，担子上肩，总是一百斤以上，有点儿吃不消。但在那些"牛倌"们面前，我也不愿愁眉苦脸，作可怜相和哀求状。好在还是可以吸烟，可以把胸中的郁闷和在烟里喷吐出去的。因为所吸的烟质越来越低劣，到一九七一年冬季，我的气管炎老毛病又发作了。每到夜里，海边的腥风，尽朝篱笆缝隙里钻，被子又小又薄，冻得我腿也伸不直，有时候，还要颤抖、抽筋，咳嗽得喉头疼痛，好像要炸裂开来似的，弄得我整夜不能入睡，白日里没精打采，身子一天天孱弱下来。"牛倌"们甚至幸灾乐祸，说我得了癌症。吸烟是伴我终身的一种生活内容,我还是不愿下决心把它戒掉。

二

一件意想不到的事情发生了。

一九七一年九月十三日夜里,大阴谋家、大野心家林彪飞机失事,葬身于温都尔汗的荒野。听到这个消息,人们的内心是多么高兴! 天,大概要变了! 可是,几乎是风没有吹,草没有动似的,一九六六年开始的大风暴,不但没有歇息下去的趋势,反而张春桥、江青还在继续施展淫威,大有非席卷一切不可之势。在全国范围内进行的政治大迫害,不是还在延续下去么? 人们长久没有听到关于贺龙元帅生死下落的讯息了。一九七二年一月六日,另一位元帅陈毅又突然逝世,人们能不在悲痛哀悼的同时,感到惊愕,发出疑问吗?

"我们的陈老总"永远地离开了我们!

噩耗传来,我惊骇得愣住了。我的胸口,禁不住地颤抖、战栗起来。哀伤、悲痛、惶惑,交集在我的心里。

一九三八年八月的一天下晚,我到达皖(安徽)南泾县云岭村,带笔从戎,参加抗日的新四军,当了一名文化战士。之后不久,就知道并认识了当时的新四军第一支队陈毅司令员。这年冬天,我在一次晚会上,听了他站在三千多个战士面前,扬起粗壮的喉咙唱《马赛曲》,之后,更知道他曾经在法国勤工俭学,原是中国工农红军最初的领导人之一,曾经同国民党反动军队进行过连续十年的浴血战争,多次身负重伤,是一位身经百战的当代英雄,而且又是作家、诗人,写过慷慨悲壮的《梅岭三章》绝句和《赣南游击词》等,不禁对他肃然起敬,敬而生爱了。因为我喜爱文学，又几次和后来成为他的爱人、妻子的张茜同志同台演过话剧《阿Q》、《魔窟》等，因而同他常有接触，从而得到过他的许多教益和亲切的关心。一九四〇年三月里，我从新四军军部到一支队工作，而后在江南、苏北指挥部、皖南事变后新建的新四军军部以及后来的中国人民解放军第三野战军和上海市工作，也就是在他当总指挥、当代理新四军军长、当野战军司令员兼政治委员、当上海市市长时期的政治工作部门和所属部队机关工作，在整整十年的革命战争生活中，我又在工作上直接、间接地得到过他的指示，同他同桌吃饭，同他面对面坐在小茶馆里，听他一面吃着香瓜子、吸着香烟，一面讲述南方三年游击战争的故事和谈诗论文；我多次听到过他内容丰富、语言生动的军事、政治报告。建国以后，他先后在南京、上海、北京工作，我好几次到他家里去见他，听取他对文化工作和对我的作品的意见……我看到过他在战斗紧张、激烈的关头，果断、沉着地指挥作战，我看到过他对犯了错误的同志给予声色俱厉却又坦直、恳切的批评，我也看到过他当着众多的干部、战士的面严厉地批评他自己。他有丰富的战争经验和军事政治知识、深湛的文学艺术修养，他有艰苦同时又富于浪漫主义色彩的革命的人生经历；他自己曾不止一次地这样说过："在军人当中，我是文人，在文人当中，我是军人。"他文武双全，才华横溢，神采奕奕，是一代风流人物……他豪爽坦直的性格，他洪亮的嗓音，他善于传神的眉目，他阔大的脸庞，他不需装饰的大将风度，他对待同志、同事真挚的感情，他爽朗、豪放的笑声，他实墩墩的中等身材，夏天，他喜欢戴墨镜，有时候，拿一根古铜色的手杖……这些，存留在我的记忆里，深刻在我的心坎里。

烟

　　这几年里,我听到过他被揪到大会场上对他进行胡批乱斗的情形。他不同意那些毫无根据的指控,他义正词严地说:"我是不容许别人对我任意污蔑的!"我还看到许多印发着不具名的所谓"陈毅黑话"。那怎么是"黑话"? 明明都是无可指责的襟怀坦白的言语! 凭什么要批他、斗他、侮辱他?

　　一个灰惨惨、昏沉沉的下晚,海边的气候,显得异常冷酷。带着腥气的海风,一阵一阵地呼啸着猛扑过来,卷起漫天的灰沙。挑了五担大粪,我的劳动过后疲乏的身子,禁不住摇摇晃晃,险些摔倒在堤坡上。

　　回到寝室里,天就黑透了。

　　我艰难地爬上床,拉开被子躺着。跟前些日子一样,睡不着。我从衣袋里摸出压扁了的半包"飞马牌",抽出一支来,点上火,咝咝地吸着。仿佛坐到了电影院里,"我们的陈司令"、"我们的陈军长"、"我们的陈老总"、"我们的陈市长"活生生的仪表堂堂的形象,又浮现在我的眼前。

　　当我正回想到一九五四年春天的一个下午,他在上海茂名路五十八号文化俱乐部的一间茶室里,同我面对面谈话的时候,在大饭厅里开会的一些人回来了,他们杂乱的脚步声和吵吵嚷嚷的说话声截断了我的思绪。他们进了屋,有的忙着喝水,有的抢着倒水洗脚,有的上床睡觉,有的擦火吸烟,有的戏耍着,吵闹着。

　　"好烟,给我一支!"戴狗皮帽子的对正在捏着打火机的说。

　　捏着打火机的,手下啪一响,打火机燃着了,他吸着烟说:"好烟? 你尽吃伸手牌!"

　　戴狗皮帽子的笑笑,说:

"偶然吸一支。"

另一个正在洗脚的瘦长个子插过话来：

"偶然吸一支就不叫吸烟？你不是宣布过戒烟的吗？"

戴狗皮帽子的，接过人家给他的一支"光荣牌"，把嘴巴凑到人家的打火机上，吸着了烟，嘿嘿嘿嘿地笑着，狠命地把烟朝喉咙底下吞咽。

"戒烟！谈何容易？有几个戒烟戒得彻底的？"洗脚的发着感慨说。

他们谈到戒烟！

"戒烟！谈何容易？"又说，"有几个戒得彻底的？"我皱起了眉头，心想，这不是我说的吗？正在那个时刻，那个瘦长个子洗好了脚，喷着一连串的烟圈儿大声说道："听说，姓吴的戒过好几次了！戒掉了吗？吹牛！"

这是明打明指着我说的了。

我被他们打过、辱骂过、罚跪过、站过高凳子……现在，他们又在借着戒烟这个题目蔑视我、耻笑我。我觉得我的心被猛然地刺上一针，感到一阵强烈的疼痛；恰巧又从窗口钻进来一股冷风，袭入到我的脖子里，我禁不住哆嗦了一下，打了个寒噤。

镇定了一会儿。

陈老总的形象又出现在我的眼前。我立刻联想到他。那几个人还在谈着吸烟、戒烟的事，我想插过话去，辩驳一句："我们的陈老总就戒了烟，戒得彻底！"但是话到喉咙头，我又咽回肚子里去。我心中有数，他们是反对陈老总的。尽管他们把毛主席奉若神明，而毛主席亲自去参加了陈老总的追悼会，在陈老总的灵前献了花圈，向陈老总的遗像俯首默哀，鞠了三躬。他们还是朝陈老总洁净的身上洒泼污水。于是,我只得默不作声。想着想着,我重又想起一九五四年三月里陈老总和我那次谈话的情形:

"……我到中央去工作了。你在上海搞文艺,好好地干……今后见面的机会,还是很多的。"陈老总望着我说,从我面前的烟盒子里,捏过一支"红双喜",在桌子上轻轻地笃着。我打着了打火机,伸到他的面前,说:"吸一支!"他摆摆手,把那支香烟放下来,说:"我不吸烟了。"我问道:"戒掉了?"他微微地点点头,嘴上现出一丝笑意,随手又拿起那支烟来,晃了晃,仿佛十几年前在江南皇赘村一家小茶馆里,对着新四军战地服务团团长朱克靖和我讲述故事那样,从从容容地说:

"不久以前,我去看望毛主席。毛主席递了一支香烟给我,我说,我不吸烟了,戒了。毛主席便笑笑说:'好呀!你有志气呀!'毛主席这么一表扬,我就非戒到底不可了!要是戒了又吸,戒不到底,我不就成了没有志气的人了。"说了,他大声爽朗地笑了起来。

他确实是彻底地戒了烟。十一个年头过后,就是一九六五年八月的一天下午,还是在上海茂名路五十八号,他在一间宽敞的会客室里,同我畅谈淮海大战的时候,我把烟盒子打开,问他:"真坚持下来,不吸了?"他点点头,带着幽默的意味,朗诵诗句似地:

"不食人间烟火,十二年矣!"

"他戒了烟,十二年了!我们这位老总,真有志气!"我心里赞叹说。

他是我三十几年工作上的一位老上级,也是我在三十几年里最敬爱的一位领导人。现在,他死了,照他的体质和健康状况，享寿八十、九十，也似乎不成问题；可是，他只活到七十一岁就死了。我怎样纪念他，我怎样学习他，我向他学习什么，我想了许久。突然，我不能自制地坐起身来，用手指捻熄了香烟屁股，而后狠狠地摔了它。

熄了灯，大家都躺上了床。虽然外头的冷风还在呼啦呼啦地呼啸着，人们还是打着鼾声，入了梦乡。到了午夜，我吃了两汤匙止咳药水半夏露，也睡着了。

三

第二天，刚吃完早饭，戴狗皮帽子的(他也是靠边人员，只因惯打小报告，受到工、军宣队的信任。)拉着辆黄鱼车，在食堂门口碰到我，从耳朵后面拿下半截香烟来，点上火，吸了两口，对我说：

"派我到塘外去。"

"好差事！"我说。

"来回十几里，回来，要拖四百斤东西。"他苦着脸说。

其实，他最喜欢出差了。来回不过十二里路，去一趟可以磨蹭半天，不用下田劳动。还有一个好处，替别人代买东西，赚上包把香烟吸吸。

"下茶馆，吃壶茶，逛逛小街，不是挺有意思？"我说。

他很失望。我没有托他买几包香烟。

"上次买的那几包香烟还没有吸完？"他问我。

"还有几支。"我说。

"我帮你带一条！'飞马'的。"

我摇摇头，说：

烟

"不必啦。"

"怎么？不吸啦？"

我在鼻子里"嗯"了一声。

他瞪起一对蛙眼，斜视着我，扬开嗓门说道：

"又戒烟啦？"

我没有作声。我在胸腔里面回答说："对！我又戒烟了。"

他不屑再看我一眼，扭过头，拉起黄鱼车爬上大堤，直奔大洋桥那边，到塘外去了。

下午四点钟光景，我垄过地，回到寝室里，看到床上放着五包"飞马牌"香烟，料定是戴狗皮帽子的代我买的。"嘿！又在我身上打秋风啦！"我正在心里嘀咕，他进来了。他把狗皮帽子抓在手里，摇晃着对我说道：

"我没那么多钱垫，只替你买半条。一块四角五分！"

两块八角一条，半条只合一块四角，他却要一块四角五分。我心里说："我过的什么日子！我够苦的了！一个月二十五块钱，吃饭、穿衣、理发、洗澡、买草纸……一切用项在内，这个家伙，还要刮我五分钱的皮！"

我把那半条"飞马牌"放到他面前的桌子上。

"怎么？你不要？"他问道。

"我不要！"我说。

"别的人，我还不高兴替他带！只因你还没有上塘外、回上海的自由，我才照顾你。"说着，他站立起来，喷着唾沫星子，"你要明白一点！"

我的胸口，敲起班鼓来。

"要我明白什么？"我压住火气，问他。

他用一个指头，点着桌子，板着脸孔，一支"生产牌"（八分

钱一包)吊在嘴角上,从朝天鼻子里哼出声音来:

"你的问题严重!"

真是瞎了他的狗眼!他利用我被"隔离",身在危难之中,欺负我,敲我的小竹杠!

我瞪着他,问道:

"怎么严重法?"

他不响了。

对这种人品不好的昏货,应当告诫几句。可是,我是"靠边"的"牛鬼蛇神"呀,只好坐到他的对面,用平和的语气说道:

"话说在明处:五分钱的亏,我吃得起。只要说清楚:缺钱用,莫说五分,五角,五块,我也可以相帮;乘人之危,在我身上刮皮,那不行!就连一根汗毛也拔不去!"

我竟然能对他这样地当面开销,他没有料到。听了之后,他窘得脸红到耳朵根子。那支"生产牌"烟还剩下小半截儿,他就踩到脚底下去了。

我走到床前,从枕头边上,拿起吃剩的小半包"飞马牌"香烟,掷到他的面前。

"什么意思?"他问道。

"送给你了!"我说。

"戒了?"

我"嗯"了一声。

"真的?"

我又"嗯"了一声。

住在这屋子里的人,都回来了。于是,他张大喉咙,当着众人嚷道:

"姓吴的戒烟了!"

烟

好几个人同声嚷道：

"他能戒了烟?"

一个睡在上铺的尖嗓子叫道：

"他能戒了烟,除非铁树开花!"

一个哑嗓子的,从隔壁房间递过话来：

"狗头上长了角,他也戒不了!"

我爬上床铺,吃了药水,安安静静地躺着。

戴狗皮帽子的,和我睡的对过铺,他嘴里衔着一支我送给他的"飞马牌",一边拉被子睡觉,一边对我说道：

"都听到了吧? 戒不掉! 不是我一个人说的!"

说完,他指指放在床头的那半条"飞马牌",用眼光对我说：还是拿去吸吧!

我装着没有听见、看见。

我一整天没有吸烟了,觉得跟过去历次戒烟大不一样,一点也不感到难过。

我正想闭上眼睛睡觉,在墙角的一张下铺上,一个"造反派"的小头头开了腔,发表起他的结论式的意见来：

"烟,是可以戒掉的。戒一天,是戒,戒一个月,是戒,这都是小戒;戒三个月、半年,是中戒;一年、两年、三年也是戒,是大戒. 有人戒烟,从卫生观点出发,说吸烟会得癌症,于是,戒掉,不吸了。不吸烟,就不得癌症了? 照样得! 也得肺癌。我就见过。大家知道,好多人吸一辈子烟,也没有得癌症……有人戒烟,是从经济观点出发。这种戒烟,是靠不住的。现在扣发了工资,钱不多,戒了,不吸了;问题解决以后,工资恢复,一个月一二百块、二三百块,还不马上又吸? 怕到时候连'飞马'的、'前门'的都不愿意上口! 前一阵,我就戒过三个多月,从前,我还戒过大半年,现在,不又在吸?还有人,戒了三年,又吸了。而且,戒过一次,再吸,烟瘾更大……总而言之,既吸之,又何必戒之?事实上,也戒不了……"

他说的,我全听到了。当中很大一部分,是针对着我,说给我听的,我却像一句也没有听到似的。

我经过反复深思,确信:陈老总高超渊博的学识,陈老总光辉闪烁的韬略才华,陈老总无产阶级革命家高尚的风格,我学不到,他坚持到底的戒烟,我是可以学到的。

不是为了别的,而是为了纪念我们的陈老总,我下定决心,从今儿开始,戒除吸烟。

有人还在三言两语地说着戒烟的事,也大都是讥刺我、挖苦我的。他们都一致预断不出三个月,顶多半年,我非破戒不可。隔壁房间的那个哑嗓子的甚至用他的性命打赌说:"要是他能戒到一年,砍掉我的脑袋!"

"你有五个、十个脑袋,也不够砍的!"我心里说。

我合上眼皮,不一会儿,就沉沉入睡了。

四

万恶的"四人帮"被粉碎了两年以后,一九七八年十月的一个上午,在淮海中路,我迎面碰着那个戴狗皮帽子的(现在光着脑袋)和那个发表结论式意见的人,一同从一家香烟店里出来,一个手里拿着一包"牡丹牌",一个嘴上叼着一支"上海牌"。光着脑袋的一看见我,就对着我脱口而出:

"有了钱,好吃'中华牌'了! 进去买一条!"

我笑了笑,把两只手平伸到他们两个人的面前,翻转了几

下。他们看到我的十个指头没有一点烟黄的痕迹,光着脑袋的赶快换上个笑脸,说:

"真戒啦? 好几年了吧?"

跟他并肩的一个,屈着手指算了算,张开大小两个手指,说:

"唔! 六年了。基本上……"

他还不肯承认我是完全地戒了烟,给我拖上个"基本上"三个字的尾巴

我又笑了笑。

他们像挨了一棒似的,呆呆地看了我一眼,两个人同时拔起脚步,急忙地奔开去,爬上了西行的电车。

我仍旧安步当车,在人行道上,一边不紧不慢地继续向东,一边心中自我欣慰:我学习了我们的陈老总,做了个有志气的人,把吸了四十四年的烟确确实实地戒掉了。

1980 年 3 月

论烟

◎徐讦

一

烟是可爱的！

祀神的时候,炉烟袅袅,可爱;祭祖的时候,三支香,三缕烟,也可爱;盘香之烟可爱,丝香之烟也可爱;中国香之烟可爱,日本香之烟也可爱;蚊香之烟可爱,百花香之烟也可爱。工厂烟囱之烟,轮船火车之烟,无一不是可爱。

天下没有第二样东西有烟一样的美,我敢干脆地这样说!它的多变化,多曲线,以及静时的静,动时的动,表示温柔时候的温柔,表示坚强时候的坚强……没有一样东西可同它相比的。

天下没有像烟般婀娜娉婷的美人,也没有像烟般坚强有力的英雄;没有像烟般奇曲多致的风景,也没有像烟般险峻巍峨的山岳,更没像烟一般曲折的河流。一切画家所要采求的,诗人所要搜寻的,人人所要鉴赏的美,都可以在烟中去捉摸到。

最美丽的花朵,常常是最短促的生命,烟花之生命也是证明其美丽之程度了。美丽的花朵常有带刺的茎干,美人也常

烟

有难以接近的姿态,如果这样说起来,烟之不容易亲近,与烟之不容易占有更是其美丽之明证。烟不像花刺般使你痛,不像美人般使你苦,她像太阳一样,使你不能够睁开眼,使你惭愧,使你流下泪来。

从历史方面讲,神权时代的文化就在宗教仪式上所用的烟头上,佛教、道教不用说,天主教做弥撒时,神父也拿着出烟的东西在念经的;许多印度传说里的术士、中国巫士之类是从不离开烟的。氏族社会的文化,乃在家庭炉灶的烟囱上面。在中国旧社会不开火煮饭是不能算自成一家的,大家庭的分家即是以煮饭的烟囱为标志,等到炊烟衰落到电灶,或者是上海般的,在一个六尺大的灶间,安放四家个别的小风炉时代,文化的象征就在火车与工厂的烟头上面了。这就是资本主义的社会。

烟是文化的标志,已如上述,所以凡发明烟头的人,是最大的哲学家、思想家、科学家,这是毫无疑问的。恕我无知,连在佛教里弥撒里发明用烟头的人都不晓得,但是我晓得发明近代烟头的人名,这就是一般人只知道其为发明蒸汽机者的瓦特(Watt)。此外,社会习惯中,婚嫁死生的大事中所用的烟头的发明者,如熏死人与嫁时的礼服的烟头,与现在还流行的江南年底祭神时所用芸香的烟头,以及老婆婆房中《金刚经》前面的,同闺房中床前茶几的炉烟……凡发明这些的人,无疑都是值得我们来赞扬的。光以中国咏闺情的诗词来说,一百首里有一百首是直接或间接讲到炉相与炉香,这已经足以证明发明者的伟大了。此外烟雾对于性欲、房事、爱情,以及优生学影响的事实,是正需要科学家来研究的。

二

话虽这样说,这班不同烟头的发明者已够值得我们敬佩,但这些到底,与人都不是直接的,最直接影响人类的烟,我要特别提出来的,就是吸的"烟"了。吸的烟类,有"旱烟"、"潮烟"、"纸烟"、"雪茄"、"斗烟"、"鸦片"……这些,我都喜爱。我爱在冬天太阳里听江南父老们喷着旱烟讲长毛的故事,我爱在田塍旁,在农夫们的潮烟旁听田事的讲究,至于房间中纸烟、雪茄、斗烟的烟雾里,同师友们与爱人谈些无系统的感想,当然是我所喜爱的事,而在鸦片烟旁听些或谈些深奥的问题,也是我所喜爱的事情!

上面早谈过烟的美,如果要把烟的美从外在的鉴赏,到内心的享受,吸烟是最能收此效之事了。

烟以外的东西,有种种不便:赌博必需对手,喝酒品茶则携带麻烦,且需要一定之姿势;惟有烟,多至十万个人与少至一个人,都有意义;斗室里旷野中,都可以享受;坐也好,立也好,走也好,卧也好,真是无往而不便当;而意味之长更非他物能代替也。

假如把文明史与吸烟发明之日期相较,立刻可以看出人类文明的进步,在吸烟史前是何等迟缓,而在史后是何等的迅速呢。

假如自卑一点,或者可以说客观一点来说,人类不过是一部像钢琴一般的乐器,而烟草乃是音乐家。谁能够证明,所有人类文化不是烟草在人的乐器里奏出来的曲调?

用功一点的人可以去计算,科学家、哲学家、文学家、政治

烟

家、外交家等，凡是有才干有能力的人，不吸烟者要是有一千分之一，那才是咄咄怪事！女子在文化上少贡献，我不相信会不是少吸烟之故，女诗人李清照如果肯多多吸烟，那她的诗词必能更光耀万丈，不会只取材于香炉之烟雾上面的！

时至今日，烟之好处，人人皆知；中外人士，无一不吸；所有牧师与道德会会员等的宣传，为要宣传吸烟之害的真理，预先多吸几根雪茄是必然之事。我亲记得，小学里给我出《说吸烟之害》作文题的先生，自己就是个必需吸烟的人。

烟之姿态最丰富，我在上面已讲过，而烟之效用之丰富，也正如其姿态，工人、乞丐、商人、律师、文人、科学家、思想家、革命家与反革命家，无一不以此助其头脑之绝对不同的运用的。这还不够，烟在一方面是助人以进取的精神，另一方面则是给人以疲倦的安慰。她在一方面是起科学的作用，另一方面是收艺术的功效的。凡名利情场上的失意者，可以此为安慰，而得意者也可以助其得意。

交际家常能以烟来联络人，外交家以烟缓和自己的回答，这且不说，一个吸烟的人，常有一种魔力使对方在自己的主意下屈服的。假如科学发达，烟能传达自己的感情与思想，则烟对于文化上的影响又是如何？

人类中有瞎眼者，他们以触觉接触文化；聋哑的人，以姿态传达意见，这些是不健全的。其实健全的人又何尝健全呢？假如人可以用烟宣传意见，则对于不能运用烟的人，就等于瞎眼与聋哑的不健全了。假如利用别人嗅觉可以宣传思想，则烟对文化的影响就更不能想象了。

记得有一篇笔记里记载过一个奇客能吸许多许多烟，而吐成蜃楼一般的各种奇景；其实每个人都可有这个经验，我个人就是能在夜的斗室里,将烟吐成我远地的故友与爱人,以及旧游的景色的人。而且我相信,每个文人都只能将烟喷出自己的经验,方才能够下笔的。如果现在有一个禁止吸烟的命令,保管全国十分之九的刊物先要停版!(禁止赤化宣传,就可用禁烟之法的,但怕的是正宣传的能力也薄弱了。)

三

吸烟是艺术的事情,但能享受这项艺术,必须讲究吸烟的艺术。

有许多人,烟必到瘾极时方才抽,抽必嘶嘶不断,尽量吸入肺中,一直抽至没有,这等于喝茶之"牛饮",是最不艺术的事情。我常记得那位讲长毛故事的父老,一次旱烟,常有十分之七是让它自烧掉的,他抽到嘴里不过是十分之三,而这十分之三里,三分之二是吐在外面,只有三分之一是往腹里去的。这真是最艺术的吸法!所以以百次烟一天来算,即使烟是有害的,到肚也不过十次。

我们吸纸烟或雪茄,仿此法是最好,就算一支烟连抛掉之屁股,共白烧掉二分之一,则吸到嘴里只是二分之一,此二分之一烟,吐出的是整支烟的十分之三,则吸进腹内只有十分之二了。

其次,吸烟不当专吸某一类的,应当在适宜时候来吸各类烟才好;照普通生活来分配,早晨当吸水烟,出门当吸纸烟,中饭后当吸雪茄,晚饭后当吸旱烟,星期日当吸一次雅片①,到

① 雅片,即鸦片。

田野去玩时该吸潮烟,这些好处,理论说来太长,事实可为明证,诸君不信,曷尝试之。

只有一个无用的人,才会被烟所累,上瘾一类事情,那是一个懂得烟道的人所不取的。我上面所说的吸法,少吸进而多吐出,使烟在空中荡漾,我敢担保,一星期一次的雅片,是决不会上瘾的事情!

夫生活的艺术,乃将自然收为人有,不是将人身为外物所奴役。我也爱女人们衣服的装饰;但我讨厌女人们为保住衣服的某种美丽,而失去举动上的自由。所以这种要以人的自由来保住的某种美丽,我是主张取消的。吸烟也是一样,我们是为特殊的安慰与情趣才去吸它,但如果一方面不能不吸,一方面是痛苦着,这就失去了吸烟的意义,而为烟所奴役了。在许多不能吸或吸也无味的特殊工作里,有烟瘾之人能常被一种纸烟所颠倒的,这就是不懂烟道的俗人!

外婆的旱烟管

◎苏青

外婆有一根旱烟管,细细的,长长的,满身生花斑,但看起来却又润滑得很。

几十年来,她把它爱如珍宝,片刻舍不得离身。就是在夜里睡觉的时候,也叫它靠立在床边,伴着自己悄悄地将息着。有时候老鼠跑出来,一不小心把它绊倒了,她老人家就在半夜里惊醒过来,一面摸索着一面叽咕:"我的旱烟管呢?我的旱烟管呢?"直等到我也给吵醒了哭起来,她这才无可奈何地暂时停止摸索,腾出手来轻轻拍着我,一面眼巴巴地等望天亮。

天刚亮了些,她便赶紧扶起她的旱烟管。于是她自己也就不再睡了,披衣下床,右手曳着烟管,左手端着烟缸,一步一步地挨出房门,在厅堂前面一把竹椅子里坐下。坐下之后,郑妈便给她泡杯绿茶,她微微呷了口,马上放下茶杯,衔起她的长旱烟管,一口一口吸起烟来。

等到烟丝都烧成灰烬以后,她就不再吸了,把烟管笃笃在地上敲几下,倒出这些烟灰,然后在厅堂角落里拣出三五根又粗又长的席草来把旱烟管通着。洁白坚挺的席草从烟管嘴里直插进去,穿过细细的长长的烟管杆子,到了装烟丝的所在,便再也不肯出来了,于是得费外婆的力,先用小指头挖出些草根,然后再由拇食两指合并努力捏住这截草根往处拖,等到全根席草都拖出来以后,瞧瞧它的洁白身子,早已被黄腻腻的烟油玷污得不像样了。

此项通旱烟管的工作,看似容易而其实繁难。第一把席草插进去的时候,用力不可过猛。过猛一来容易使席草"闪腰",因而失掉它的坚挺性,再也不能直插到底了。若把它中途倒抽出来,则烟油随之而上,吸起烟来便辣辣的。第二在拖出席草来的时候,也不可拖得太急,不然啪的一声席草断了,一半留在烟管杆子里,便够人麻烦。我的外婆对此项工作积数十年之经验,做得不慌不忙,恰能如意。这样通了好久,等到我在床上带哭呼唤她时,她这才慌忙站起身来,叫郑妈快些拿抹布给她揩手,于是曳着旱烟管,端着烟缸,巍颤颤地走回房来。郑妈自去扫地收拾——扫掉烟灰以及这些被黄腻腻的烟油玷污了的席草等等。

有时候,我忽然想到把旱烟管当做竹马骑了,于是问外婆,把这根烟管送了阿青吧?但是外婆的回答是:"阿青乖,不要旱烟管,外婆把拐杖给你。"

真的,外婆用不着拐杖,她常把旱烟管当做拐杖用哩。每天晚上,郑妈收拾好了,外婆便叫她掌着烛台,在前面照路,自己一手牵着我,一手扶住旱烟管,一步一拐地在全进屋子里视察着。外婆家里的屋子共有前后两进,后进的正中是厅堂,我与外婆就住在厅堂右面的正房间里。隔条小弄,左厢房便是郑妈的卧室。右面的正房空着,我的母亲归宁时,就宿在那边;左厢房作为佛堂,每逢初一月半,外婆总要上那儿去点香跪拜。

经过一个大的天井,便是前进了。前进也有五间两弄,正中是穿堂;左面正房是预备给过继舅舅住的,但是他整年经商在外,从不回家。别的房间也都是空着,而且说不出名目来,大概是堆积杂物用的。但是这些杂物究竟是什么,外婆也从不记在心上,只每天晚上在各房间门口视察一下,拿旱烟管敲门,听听没有声音,她便叫郑妈拿烛前导,一手抱着旱烟管,一手牵着我同到后进睡觉去了。

但是,我是个贪玩的孩子,有时候郑妈掌烛进了正房,我却拖住外婆在天井里瞧星星,问她织女星到底在什么地方。暗绿色的星星,稀疏地散在黑层层的天空,愈显得大地冷清清的。外婆打个寒噤,拿起旱烟管指着前进过继舅舅的楼上一间房间说着:"瞧,外公在书房里读书做诗呢,阿青不去睡,当心他来拧你。"

外公是一个不第秀才,不工八股,只爱做诗。据说他在这间书房里,早也吟哦,晚也吟哦,吟出满肚牢骚来,后来考不进秀才,牢骚益发多了,脾气愈来愈坏。有时候外婆在楼下喊他吃饭,把他的"烟土批里纯"①打断了,他便怒气冲冲地冲下楼来,迎面便拧外婆一把,一边朝她吼:"你这……这不贤女子,动不动便讲吃饭,可恨!"

后来拧的次数多了,外婆便不敢叫他下来吃饭,却差人把煮好的饭菜悄悄地给送上楼去,放在他的书房门口。等他七律两首或古诗一篇做成了,手舞足蹈,觉得肚子饿起来,预备下楼吃饭的时候,开门瞧见已经冰冷的饭菜,便自喜出望外,连忙自己端进去,一面吃着,一面吟哦做好的诗。从此他便不想下楼,在书房里直住到死。坐在那儿,吃在那儿,睡在那儿,吟哦吟哦,绝不想到世上还有一个外婆存在。我的

---

① 英文"inspiration"的音译,即"灵感"。

外婆见了他又怕,不见他又气(气得厉害),胸痛起来,这次他却大发良心,送了她这杆烟管,于是她便整天坐在厅堂前面吸烟。

"你外公在临死的时候,"外婆用旱烟管指着楼上告诉我,"还不肯离开这间书房哩。又说死后不许移动他的书籍用具,因为他的阴魂还要在这儿静静地读书做诗。"

于是外婆便失去了丈夫,只有这根旱烟管陪她过大半世。

不幸,在我六岁那年的秋天,她又几乎失去了这根细细的,长长的,满身生花斑的旱烟管。

是傍晚,我记得很清楚,她说要到寺院里拜焰口去哩,我拖住她的两手,死不肯放,哭着嚷着要跟她同去。她说,别的事依得,这件却依不得,因为焰口是斋闲神野鬼,孩子们见了要遭灾殃的。于是婆孙两个拉拉扯扯,带哄带劝地到了大门口,她坐上轿子去了,我被郑妈拉回房里,郑妈叫我别哭,她去厨房里做晚饭给我吃。

郑妈去后,我一个人哭了许久,忽然发现外婆这次竟没有带去她的几十年来时刻不离身的旱烟管。那是一个奇迹,真的,于是我就把旱烟管当竹马骑,跑过天井,在穿堂上驰骋了一回,终于带了两重好奇心,曳着旱烟管上楼去了。

上楼以后,我便学着外婆的样子,径自拿了这根旱烟管去敲外公书房的门,里面没有声响,门是虚掩的,我一手握烟管,一手推了进去。

书房里满是灰尘气息,碎纸片片散落在地上、椅上、书桌上。这些都是老鼠们食剩的渣滓吧,因为当我握着旱烟管进来的时候,还有一只偌大的老鼠在看着呢,见了我,目光灼灼地瞥视一下,便拖着长尾巴逃到床底下去了。于是我看到外公的床———张古旧的红木凉床,白底蓝花的夏布帐子已褪了颜色,沉沉下垂着。老鼠跑过的时候,帐子动了动,灰尘便掉下来。我听过外婆讲僵尸的故事,这时仿佛看见外公的僵尸要掀开床帐出来了,牙齿一咬,就把旱烟管向前打去,不料一失手,旱烟管直飞向床边,在悬着的一张人像上撞击了一下,径自掉在帐子下面了。我不敢走拢去拾,只举眼瞧一下人的图像,天哪,上面端正坐着的可不是一个浓眉毛、高颧骨、削尖下巴的光头和尚,和尚旁边似乎还站着两个小童,但是那和尚的眼睛实在太可怕了,寒光如宝剑般,令人战栗。我不及细看,径自逃下楼来。

逃下楼梯,我便一路上大哭大嚷,直嚷到后进的厅堂里。郑妈从厨下刚捧着饭菜出来,见我这样子,她也慌了。我的脸色发青,两眼直瞪瞪的,没有眼泪,只是大声干号着,郑妈哆嗦着把我放在床上,以为我定在外面碰着了阴人,因此一面口念南无救苦救难观世音菩萨,一面问我究竟怎样了。但是我的样子愈来愈不对,半天,才断断续续地蹦出几个字来:"旱烟管……和尚……"额上早已如火烫一般。

夜里,外婆回来了。郑妈告诉她说是门外有一个野和尚抢去了旱烟管,所以把我唬得病了。外婆则更猜定那个野和尚定是恶鬼化的,是我在不知中用旱烟管触着了他,因此惹得他恼了。于是她们忙着在佛堂中点香跪拜,给我求了许多香灰来,逼着我一包包吞下,但是我的病还是没有起色,这么一来可把外婆真急坏了,于是请大夫啦,煎药啦,忙得不亦乐乎。她自己日日夜夜偎着我睡,饭也吃不下,不到半月,早已瘦得不成样子。等到我病好的时候,已经是深秋了。

郑妈对我说:"阿青,你的病已经大好,你现在该快乐了吧。"

她对外婆也说:"太太,阿青已经大好,你也该快乐了吧。"

但是我们都没有快乐,心中忽忽若有所失,却不知道这所失的又是什么。

不久,外婆病了。病的原因郑妈对她说是劳苦过度,但——她自己却摇摇头,默不作声。于是大家都沉默着,屋子里面寂静如死般。

外婆的病可真有些古怪,她躺在床上不吃也不哼,沉默着,老是沉默着……我心里终于有些害怕起来了,告诉郑妈,郑妈说她也许是患着失魂症吧,因此我就更加害怕了。

晚上,郑妈便来跟我们一个房间里睡,郑妈跟我闲谈着,外婆却是昏昏沉沉的似睡非睡。郑妈说:"这是失魂症无疑了,须得替她找着件心爱的东西来,算是魂灵,才有得救。不然长此下去,精神一散,便要变成疯婆子了。"

疯婆子,多可怕的名词呀!但是我再想问郑妈时,郑妈却睡熟了。

夜,静悄悄的,外婆快成疯婆子了,我想着又是害怕,又是伤心。

半晌,外婆的声音痛苦而又绝望地唤了起来:"我的旱烟管呢?我的旱烟管呢?"接着,窸窸窣窣地摸了一阵。

这可唤醒了我的记忆。

郑妈也给吵醒了,含糊地叫我:"阿青,外婆在找旱烟管呢!"

我不响,心中却自打主意。

第二天,天刚有些亮,我觑着外婆同郑妈睡得正酣,便自悄悄地爬下床来,略一定神,径自溜出房门。出了房门,到了厅堂面前,凉风吹过来,一阵寒栗。但是我咬紧牙关,双手捧住脸孔,穿过天井,直奔楼上而去。

大地静悄悄,全进屋子都静悄悄的。我鼓着勇气走上楼梯。清风冷冷从我的颈后吹拂过来,像有什么东西在推我驾雾而行似的,飘飘然,飘飘然,脚下轻松得很。到了房门口,我恐怖的回忆又来了,于是咬咬牙,一手推门进去,天哪,在尘埃中,在帐子下面,可不是端端正正地放着外婆的旱烟管吗?

带着颗喜悦的心,我一跳过去便想拾收,不料这可惊着了老鼠,由于它们慌忙奔逃的缘故,牵得帐子便乱动起来。我心里一吓,只见前面那张画着和尚的像,摇晃起来,瘦削的脸孔像骷髅般,眼射寒光,似乎就要前来扑我的样子,我不禁骇叫一声,跌倒在地。

等我悠悠醒转的时候,郑妈早已把我抱在怀里了,外婆站在我的旁边低声唤,样子一点不像疯婆子。于是我半睁着眼,有气没力地告诉她们:"旱烟管……外婆的……魂灵,我已经找回来了。"

外婆的泪水流下来了,她把脸贴在我的额上,轻轻说道:"只有你……阿青……才是外婆的灵魂儿呢。"

"但是,和尚……"我半睁的眼瞥见那张图像,睁大了,现出恐怖的样子。

外婆慌忙举起旱烟管击着那光头,说道:"这是你外公的行乐图,不是和尚哪,阿青别怕,上面还有他的诗呢!"但是我说不要看他的诗,我怕他寒光闪闪的眼睛。于是外婆便叫郑妈快抱我下楼,自己曳着旱烟管,也巍巍颤颤地跟了下来。于是屋子里一切都照常,每天早上外婆仍旧坐在厅堂前面吸烟,通旱烟管,晚上则叫郑妈掌烛前导,自己一手牵着我,一手拿旱烟管到处笃笃敲门,听听里面到底可有声音没有。

外婆与她的旱烟管,从此便不曾分离过,直到她老死为止。

烟赋

◎汪曾祺

　　中国人抽烟，大概开始于明朝，是从外国传入的。从前的中国书里称烟草为淡巴菰，是 Tobacco 的译音。我年轻时，上海人还把雪茄叫做"吕宋"。吸烟成风，盖在清代。现存的几种烟草谱，都是清人的著作。纪晓岚就是"嗜食淡巴菰"的。我的高中国文老师史先生说，纪晓岚总纂四库全书时，叫人把书页平摊在一个长案上，他一边吸烟，一边校读，围着大案走一圈，一篇《四库全书总目提要》就出来了。这可能是传闻，但乾隆年间，抽烟的人已经颇多，是可以肯定的。

　　小说《异秉》里的张汉轩说，烟有五种：水、旱、鼻、雅、潮。雅（鸦片）不是烟草所制，潮州烟其实也是旱烟之一种，中国人以前抽的烟实只有旱烟、水烟两大类。旱烟，南方多切成丝，北方则是揉碎了，都是用烟袋，摁在烟锅里抽的。北方人把烟叶都称为关东烟。关东烟里的上品是蛟河烟。这是贡品。据说西太后抽的即是蛟河烟。真正的蛟河烟只产在那么一两亩地里。我在吉林抽过真蛟河烟，名不虚传！其次则"亚布力"也还可以，这是从苏联引进的品种。河北省过去种"易县小叶"。旱烟袋，讲究白铜锅、乌木杆、翡翠嘴。烟袋有极长的。南方老太太用的烟袋，银嘴五寸，乌木杆长至八尺，抽烟时得由别人点

烟

火,自己是够不着的。有极短的。可以插在靴掖里,称为"京八寸"。这种烟袋亦称骚胡子烟袋,说是公公抽烟,叫儿媳妇点火,瞅着没人看见,可以乘机摸一下儿媳妇的手。潮州的烟袋是用竹根做的,在一头挖一窟窿,嵌一小铜胎,以装烟,不另安锅。我一九五〇年在江西土改,那里的农民抽的就是这种烟,谓之"吃黄烟"。山西、内蒙古人用羊腿做烟袋。抽这种烟得点一盏灯,因为一次只装很小的一撮烟,抽一口就把烟灰吹掉,叫做"一口香",要不停地点火。云、贵、川抽叶子烟,烟叶剪成二寸许长,裹成小指粗细的烟支,可以说是自制小雪茄,但多数是插在烟锅里抽,也可算是旱烟类。我在鄂温克族地区抽过达斡尔人用香蒿籽窨制的烟,一层烟叶,一层香蒿子,阴干,烟味极佳。是用纸卷了抽的。广东的"生切"也是用纸卷了抽的。新疆的"莫合烟",即苏联翻译小说里常常见到的"马霍烟",也是用纸卷了抽的。莫合烟是用烟梗磨碎制成的,不用烟叶。抽水烟应该是最卫生的,烟从水里滤过,有害物质减少了。但抽水烟很麻烦。每天涮水烟袋就很费事。水烟袋要保持洁净,抽起来才香。我有个远房舅舅,到人家作客,都由他的车夫一次带了五支水烟袋,换着抽,此人真是个会享福的人! 水烟的烟丝极细,叫做"皮丝",出在甘肃的兰州和福建的福州,一在西北,一在东南,制法质量也极相似,奇怪! 云南人抽水烟筒,那得会抽,否则嗑不出烟来。若论过瘾,应当首推水烟筒。旱烟、水烟,吸时都要在口腔内打一回旋,烟筒的烟则是直灌入肺,毫无缓冲。

卷烟,或称纸烟,北京人叫做烟卷儿,上海一带人叫做香烟。也有少数地方叫做洋烟的。早年的东北评剧《雷雨》里的四凤夸赞周萍的唱词道:"穿西服,抽洋烟,梳的本是那个偏分。"可以为证。大概在东北人眼中这些都是很时髦的。东北是"十八岁的大姑娘叼着大烟袋"的地方,卷烟曾经是稀罕东西。现在卷烟已经通行全国。抽旱烟的还有,大都是上了年纪的人,但也相对地减少了。抽水烟的就更少了,白铜镂花的水烟袋已经成为古玩,年轻人都不知道这玩意是干什么用的了。说卷烟是洋烟,是有道理的。因为它本是从外国(主要是英国)输入的。上海一带流行的上等烟茄立克、白炮台、555……销行最广的中等烟红锡包(北方叫小粉包)、老刀牌(北方叫强盗牌)都是英国货。世界上的烟卷原分两大系。一类是海洋型,英国烟为其代表。英国烟的烟丝很细,有些烟如白炮台的烟盒上标明是 NAVY CUT,大概和海军有点关系。一类是大陆型,典型的代表是埃及烟、法国烟、苏联的白海牌(东北人叫它"大白杆"),以及阿尔巴尼亚等烟属之。抽大陆型烟的人数不多。现在卷烟分为两大派系,一类是烤烟型,即英国烟型;一类是混合型,是一半海洋型、一半大陆型的烟丝的混合,美国烟大都是混合型。英国型的烟烟丝金黄,比较柔和,有烟草的自然的香味,比较为中国人所喜欢。

后来有外商和华侨在中国设厂制烟,比较重要的是英美烟草有限公司和南洋兄弟烟草公司。大前门为南洋兄弟烟草公司所出,美丽牌好像就是英美烟草公司出的。也有较小的厂出烟,大联珠、紫金山……大概是本国的烟厂所出。

我到昆明后抽过很多种杂牌烟。有一种烟叫仙岛牌,不记得是什么地方出的,烟味极好,是英国烤烟型,价钱也不贵。后来就再不见了,可能是因为日本兵占领了越南,滇越铁路一断,没有来源了,有一种烟,叫"白姑娘",硬盒扁支的,烟味很冲。有一种从湖南来的烟,抽起来有牙粉味。最便宜的烟是鹦鹉牌,十支装,呛得不得了,不知是什么树叶或草叶做的,肯定不是烟叶!

从陈纳德的飞虎队至美国空军到昆明后,昆明市面上到处是美国烟,多是从美国军用物资仓库中流出的。骆驼牌、老金、LUCKY STRIKE CHESTERFIELD、PHILIPMORRIS……一时抽美国烟的人很多,因为并不太贵。

云南烟业的兴起大概在四十年代初。那里的农业专家和实业家,经过研究,认为云南土壤、气候适于种烟,于是引进美国弗吉尼亚的大金叶,试种成功。随即建厂生产卷烟。所出的牌子有两种:重九和七七。重九当时算是高档烟,这个牌子沿用至今。七七是中档烟,后来不生产了。

五十年代后,云南制烟业得到很大发展,云南烟的质量得到全国公认,把许多省市的卷烟都甩到后面去了。云南卷烟的三大名牌:云烟牌、红山茶、红塔山。最近几年,红塔山的声誉日隆,俨然夺得云南名烟的首席。说它已经是国产烟的第一,也不为过分。

对于抽烟,我可以说是个内行。

打开烟盒,抽出一支,用手指摸一摸,即可知道工艺水平如何。要松紧合度。既不是紧得吸不动,也不是松得跺一跺就空了半截,没有挺硬的烟梗,抽起来不会"放炮",溅出火星,烧破衣裤。

放在鼻子底下闻一闻,就知道是什么香型。若是烤烟型,即应有微甜略酸的自然烟香。

最重要的当然就是入口、经喉、进肺的感觉。抽烟,一要过瘾,二要绵软。这本来是一对矛盾,但是配方得当,却可以兼顾。如果要对卷烟加以评品,我于"红塔山"得一字,曰:"醇"。

当年生产的烟叶,不能当年就用,得存放一个时期,这样杂质异味才会挥发掉。据闻英国的名牌烟的烟叶都要存放三年。二次世界大战,存烟用尽,质量也不如以前了。玉溪烟厂的烟叶都要存放两年至两年半。这是像中药店配制丸散一样:"修合虽无人见,存心自有天知"的事。这个"天"就是抽烟的人。烟叶存放了多久,抽烟的人是看不到的,但是抽得出来。他们不知其所以然,但是知其然,能分辨出烟的好坏。

对烟的评价是最具群众性的,最公平的。卷烟不能像酒一样搞评比。我们国家是不允许卷烟做广告的。现在既不能像过去的美丽牌在《申报》和《新闻报》上作整幅的广告"有美皆备,无丽弗臻",也不能像克莱文·A一样借梅兰芳的声誉,宣传这种烟对嗓音无害。卷烟的声誉,全靠质量,靠"烟民"们的口碑。北京人有言:"人叫人千声不语,货叫人点手就来。"这是假不得的。桃李不言,下自成蹊,红塔山之赢得声誉,岂虚然哉!

我十八岁开始抽烟,今年七十一岁,从来没有戒过,可谓老烟民矣。到了玉溪烟厂,坚定一个信念,一抽到底,决不戒烟。吸烟是有害的。有人甚至说吸一支烟,少活五分钟,不去管它了! 写了一首五言诗:

> 玉溪好风日,
> 兹土偏宜烟。
> 宁减十年寿,
> 不忘红塔山。

诗是打油诗,话却是真话,在家人也不打诳语。

1991 年 5 月 21 日

我的戒烟

◎林斤澜

　　"我的戒烟"的烟，是纸烟、香烟、烟卷儿也。不是乌烟、红烟、海烟。这在林语堂当年有所含混还可以幽默一下，在林某人现如今可不是闹着玩儿的，"性命交关"。

　　就说是纸烟吧，当年戒不戒全是个人的事，谁管你啦？闹得神不守舍是你自己折腾！什么"灵魂上的事业"，当年或会得个会心的微笑，眼下只讨人嫌。诸"癌"在前边等着呢，还犯"贫"！

　　公共场所禁烟。办公室扩大化到办公楼禁烟。磕头碰头全是"禁"字扎得慌，换个"无"字，一张绵里藏针的笑脸。无烟车厢，无烟房间，无烟区，无烟县——这就困难了，扩大不好化了，个中缘故下边交代。换个无烟日好，反正一年有三百六十五个日。县无烟日、省无烟日、国无烟日、球无烟日。

　　海外的经济不景气时有所闻，但不得见。海内的大中型企业正在解决运转不灵，没有听说其中有烟厂。倒是常听得见这儿那儿的烟厂肥得流油，是国家税收的大宗。似可信，因为厂家对文学的事不时赏赐油星子。

　　不准上电视出风头！

　　戏剧里的好人不准抽烟。又一个扩大化——好人不能够是烟鬼！创造无烟舞台！无烟银幕荧屏！

黔首文身！与刺配远恶军州的贼配军一样，与"文革"中墨面挂牌的牛鬼蛇神一样，烟身烟盒印上自己的罪恶！

这干屁事！笑骂由它笑骂，流油我自流油。创收自有鼓励创收。

这两股子劲儿越较越拧，越拧越较。早以前哪有过这大好形势呀！

此时此际，像我这么个戒烟经过，最好别提。实际连"戒"字都没有使过，从"戈"的字都太厉害了，不就为了一口烟，动兵器干吗！去年秋天时热时冷，咳嗽不爱消停，黏痰扫黄出绿，忽又间有鲜红。艳丽可恕，可惜招摇不明来历。心想把烟放一放——去去就来之意，非绝交之词。医生给丸，给片，给浆，一一遵命服下。约半个月，咳嗽由剧咳转化为戏咳。即应早已约下之约，声称拼命守信，南下作客。长烟短烟国烟洋烟，在眼前递来递去，兀自摇头或抱拳都不伸手。有知道底细的问道："戒了？"答曰："咳嗽。"虽不多言，意向却明确——"暂停"。

约两个月后，咳嗽渐消失，咽喉三寸之地，无带哨之音，只留下每日三五口纯洁的"棉花痰"玩玩。仿佛打记忆里，从没有过的清净。舟车之间，每逢呛鼻辣嗓之气体，必思此处为何不禁烟！遇父母官，亦作"国无烟日"、"球无烟日"难以实现之叹！

细思这一两个月关键时刻，没有借助药物药糖、咖啡酽茶、清盐某某、陈皮某某……并没有生理上的苦熬，魂灵上的苦闷。更没有升华到生命科学又哲学的迹象。一切仿佛只在"去去就来"的不经意中，去去还没有回来而已。"问我何往？廓尔忘言。"何来"戒"字？不堪言"戒"。

烟

　　有回与一位长我半辈的同行同车。(辈的年数,尚无国际规定。炎黄子孙有一句豪言壮语:二十年后又是一条好汉。二十年,乃中庸之道。)

　　车上无聊,拿戒烟充数。半辈长者落下眼皮听之,这样无味的语言,只配催眠。正要放低调门,逐渐"淡出"。忽见长者睁目挺身,问道:"你吸了几年?"

　　几年? 总有半个世纪了吧,正算计着给个准确数字。长者等不得,说:

　　"四十年? 五十年? 实际上,你,没有真正吸过。烟一进口,打哪里出来?"

　　高声大嗓,是不是年长耳背的缘故? 我也提高音阶:

　　"嘴里鼻子里出来呗!"

　　"鼻子,也是打口腔过来,你的烟没有下过嗓子! 什么叫吸烟? 一吸吸到肚子里,爱打哪里出来,出呗,爱出不出,这才是烟民。"

　　烟民! 我知道这个词儿,产生在早年间黑白不分的时代,实指乌烟。现在说的是纸烟,烟纸雪白,岂容颠倒是非。正要据理力争,只见半辈长者复落眼皮,又若余恨未消,口角龃龉。

　　"……四十也好,五十也好,有一辈子拿不到绿卡的……放宽点是个二等公民,吃紧的立刻驱逐出境……"

　　寻思"干柴烈火"一说,当以烈火为阳刚。几句没有油盐的"放"烟谈话,比干柴还干还柴,应自守阴柔之道。

　　有声称戒烟一百回的! 一笔勾掉"屡战屡败"的窝囊,圈出"屡败屡战"的雄姿。我当退避三舍。

　　好几位"爬格子"朋友,有的一手拿烟一手执笔,有的未拿笔先点烟,有的稿子到了编辑部,浓缩的烟味扩散一屋子……

一旦戒烟,有的手指连手腕哆嗦,字不成形。有的没写完一封信,绕屋三匝。有的拿日记发愤,顿断笔尖。有的"烟土披里纯",掐掉当头一"烟",下边的不知所云。

我敢跟谁吐露真情?我敢吗?

我先会吸烟,后学写作。写作开始之际,觉得又点火又磕烟灰,弄不好烫着手指,烧焦稿纸,窃以为此时不宜吸烟。是否因此文字枯涩,尚无临床验证。

有说"饭后一支烟,赛似活神仙"。酒席之上,有烟共吸,亦不拒人千里,若个人独处,欲挽留唇齿里边,腭下舌上的美味,亦忌烟消云散。

上厕有同流合污之嫌,不吸。

早起遛弯儿,为吸上天新鲜空气,不吸人间烟火。

那么有没有适宜吸烟的时候?积几十年经验,例如听报告熬困之时,开会走神之际,连点连吸,可以面呈祥云,目含笑波,脑门清爽似三界外人。

再是三朋四友,放怀畅谈。云烟缭绕,情怀益放。白雾浮沉,谈吐更畅。

如此如此还挑剔烟籍?追究绿卡?至于审查是否下过咽喉关卡,深入肚皮基层一事,其心理不平衡虽可理解,那声色实令人立舍阴柔,快取阳刚。

取舍之间,忽然发觉与烟的缘分中有道堪称"烟道"。吸时顺其性情,不随大流,不苟同时势,仅仅听命内心的呼唤。放时顺其自然,不服药饵,不恶声言戒,行所当行止其当止行云流水。

这么说来也只说了个表面,细察那自自然然状态实即大自然,即大自然就氤氲着神秘,神秘又如何,需夜深人静,或天心月圆,或六合混沌,或漆黑中若浮若沉,诸癌无可惧,众邪无能为……这又如何,请看一位也长我半辈的翻译家,历尽劫波,做下哮喘。先不能上街,后不能下楼,再不能出屋,犹深夜不寐,点烟一支……家人劝告,医生严重禁止。译家悠然叹道:"这是人生啊,天意啊……混沌一气啊……"

岂是敝本家"灵魂的事业"冷冰冰一语了得!

烟囱世界

◎高晓声

　　这篇文章，是被前一篇"壶边天下"引发出来的。俗话说烟酒不分家，有了"壶边天下"，没有"烟囱世界"，便少了半壁江山，形不成统一大局，会使胸有大志的人终身遗憾，死不瞑目。我们没有权利长使英雄泪满襟，我们不能不为他们写作。

　　烟和酒，能在许多人身上和谐统一。如果说酒有益，烟有毒，那真是矛盾统一了。人自有许多奇怪的地方，饮酒过度，能使人当场毙命，却称酒有营养；吸烟再凶，也不过头晕手颤，反说烟是毒品。而烟毒已有定论之后，吸引力之大，偏又超乎寻常，竟被众口一词称为相思草，真是"恨小非君子，无毒不丈夫"。有毒的东西倒反独具魅力，可见人的本性，就喜欢接受蛊惑。所以三十六行以外，还有造舆论一行。

　　我家乡有位仁兄，能饮善吸，堪称楷模。平生对儿女无所建树，临终前替自己做总结说："我这一生，莫看不曾造屋，至少烧掉三间，淹掉三间。"此话不假，也非忏悔。言下之意，倒是"此生不算虚度，可以死而无憾了"。乍听起来，很觉可笑。如果人生把精神寄托在烟酒上面，岂非滑天下之大稽！但仔细想想，那生烟的火，做酒的水，又何止是烧掉淹掉几间房子的事。世间万物，无非五行；占了水、火，便五分天下有其二了。从这里想开去，能说寄情于烟酒者没有鸿鹄之志吗？鸿门宴、单刀赴会、煮酒论英雄、杯酒释兵权……都是玩的大家伙。比伏尸百万、流血千里的战争还要动人呢！烟的历史比酒短得多，但后生可畏，不但很快就同酒兄平起平坐，而且已成后来居上之势。特别是卷烟问世以后，差距就明显拉开了，它可以带在身上，随便什么时候要吸就吸，愿意一天吸到夜也不麻烦。拿来做交际品，更是妙极了。中国人多，如果请客饮酒，找张桌子坐下来就不容易。要个像样的地方放桌子就更难了。香烟则几乎无时无处不可请客，连厕所也不例外。甚至在厕所里请客更有异味。而且唯独在厕所里，香烟才是所向无敌、打倒一切的稀世之宝。我们来自五湖四海，各人为着各人的事，偶尔聚集到一块儿来，你也不认识我，我也不认识他，可是只要卷烟（厕所里也不例外）传一传，陌生的面孔都会喜笑颜开。好像我们的心就贴得更紧了。两人吵架，眼看要拼命了，劝也不听，阻也不得，这时候每人递去一根烟，形势顿时缓和，那拿了烟的手直想着要点火，如果对手先点着了，他也会凑上去点一点。两个烟囱一起冒烟，全没了打架的气氛。办公桌后面的脸孔，有许多都板得铁青，风吹不动，水泼不进，但一碰到火攻，脸色就好看了，就允许你同他商量了。总说吃了酒话多，其实吸了烟的话不知要多多少倍。如果你那香烟是上品，人家会设法拖住你聊天，多吸你几根或者让你终于明白该把剩下的全部留下来。有一次，一位年轻的亲戚骑自行车带我上城去看病，到了半路链条踩断了。断了链条等于断了路。刚巧附近路边停着一辆带拖斗的拖拉机，我的这位亲戚就毫不犹豫地走过去向司机递香烟。司机知道他的用意（虽然他根本没有说），一再辞谢，不肯接烟。按理说到了这步田地，已经无可挽回。想不到强中更有强中手，我亲戚见他不吃软的,就来硬的,那捏着香烟的手不但没有知难而退,反而像铁棒一样昂然直伸到对方的鼻子底下,并且振振有词责怪道:"你这个人怎么搞的,吸根香烟关什么事! 又不是值钱的东西,推三阻四做什么,吸、吸、吸……"于是奇迹轻而易举地马上发生:对方不但没有生气,反而软下脸来笑笑接受了。我的亲戚却还继续埋怨他说:"朋友哪里不交呢,你这个人也真是……"

"真是……"什么呢? 写到这里,我不禁认真回忆,发觉平生竟一次也不曾碰到过因敬烟而被触怒了的。人之甘心受毒害如此,而且不吃还不是白不吃,吃了竟像连人带车,都被我亲戚买下了,他刚点着了火,我们两个人、一辆自行车就都上了拖拉机,招呼都不用打,一直搭到城里才下来。炎黄子孙是很有出息的,能把"一把菜刀闹革命"的经验发展为"一根香烟打天下"。

凡出门办事,尽管自己不抽香烟,也只有两类人不带这武器,一是傻瓜,一是皇帝。傻瓜乃不懂世事,而皇帝则因为天下早已属于他,无需再用香烟打。

香烟既然已经被当做武器广泛使用,自然就要考虑它的杀伤能力。现在不是有叫微型小说的么,那么香烟自然也可以称作微型棍子了。自从孙猴子闹过天宫,棍子的威名就已震撼三界。由此以往,掌棍的英雄就没有像中国文化那样出现过"断裂期"。十八般兵器中,一直有它的位置。后来金榜挂名,确定是它澄清了宇宙间的万里尘埃,遂红极一时,芸芸众生,无不以手执一根为荣。神州虽大,还挤得摆不开阵势,因此才出现了棍子满天飞的奇景。在那洁净的玉宇中,金棍子舞得像片火烧云,银棍子舞得耀眼睛,铁棍子舞得黑阵阵,

烟

木棍子舞得水也泼不进……这些都叫做"来硬的"。硬的威风，但也容易被看穿。我们总讲究水火相克，软硬兼施。刀子还有软刀子呢，棍子就没有软的了么！微型棍子刚好填补了这个空白，而且独当一面，犹如"半边天"。懂得了它的妙处，就用不着"一棍子打死"了。这个道理，中国人懂，外国人也懂（谁说中西文化没有共同之处呢）所以洋枪洋炮，也逐渐被洋酒洋烟所代替。而我们有许多同志，过去在战场上、在敌人的监狱里都不曾退缩或屈服，现在却中了"敌人的糖衣炮弹"倒下去了。其蛊人的效果之大如此。

当然，棍子也不是人人能舞的，硬棍子如此，软棍子也如此，都要看形势、懂行情。李顺大七八年造屋，到砖瓦厂提取官价砖头，厂方就要他先买"桁条"（香烟）来，那时的行情，有飞马牌、南京牌、芒果牌送出去，就很可以了；如果有前门，那就崭透，可以当出入国境的特别通行证用。再往前移些年月，在"三年自然灾害"期间，标准还要低，南京的万寿牌，徐州的丽华烟，也充得正菜用。没有人敢嫌。即使有阔佬不吸，收下来转送亲友也是大人情。前门、飞马是凤毛麟角，涉及政治待遇，要够那个级别才买得到，六分钱一包的红马，八分一包的双鱼，把它拆散开来放在显微镜下检验，也找不出一丝烟叶来。但市场上只要有得卖，就会一抢而空，我也常常幸而有它才能狼吞虎咽，以解饥渴。否则买烟叶子吃，一元一两，我都囊中羞涩买不起。有一次断"粮"，我饿得在村上兜圈子都搜索不着吸，犯了几天瘾，清早上街去讨救兵，走到半路，忽然发现路侧有一包飞马牌横卧在草地上。我停步凝视，喜奇怪疑，怎么也不信会有人如此大意，把这样宝贵的东西随便丢失；莫非是小孩子使狭捉，把脏东西包在里面糊弄烟鬼不成？我想拾不敢拾,要走舍不得;真是又怕上当,又怕错过。终于踌躇着蹲了下来,如工兵起地雷,先束手小心认真观察,确定是否有危险后再采取行动;可算集中了精力,发挥了才华。果然既不曾错过,也不曾上当,的的确确是一包货真价实的原封飞马牌。到手之后,我也并不曾有该不该交公的犹豫,如果我要为拾到一包烟吸了就良心不安,我就太对不起会使千百万人头落地的那顶反党反社会主义的"右派"帽子了。总之在这二十根微型棍子跟前,是赤裸裸地暴露了我这座烟囱无可救药的灵魂了。我实在是陷进去得太深了。对它无限相思,无限迷恋。虽然同它结交的历史远不及杯中物,高中毕业的时候还发誓不沾此恶习,但不到三年,烟囱之大便惊世骇俗了。我在朋友们的纪念册上曾介绍自己的特点是"个儿小,身体差,烟瘾还比饭量大"。即使患了不治之症(肺结核)也从不悔改。朋友劝我戒烟,我则劝朋友戒饭,总是没有结果。医生善解人意,不劝我戒,劝我"少吃点,吃好点"。后面那三个字,听得实在舒畅。因为当时我想吸中华牌还有忌惮,怕被人批评成贪图享受的资产阶级思想。现在有了医嘱,我就可以开怀痛吸了……于是便养成了吸好烟的恶习。一九五七年作为"右派"被揪出来,冬天在南京中山东路三〇七招待所挨文艺界"左派"人士批斗,有一次有人疑心我在听报告时做小动作搞攻守同盟,把我叫出会场命令我把口袋翻转给他们看时,就暴露我怀有一匣辉煌牌铁壳香烟。那是为庆祝第一个五年计划胜利完成特制的一批高级香烟,以后再也没有生产过……我提供这个细节完全不是对那几位同志记仇,而是他们可以证明我确有爱吸好香烟的恶习。从这个基础出发,一直发展到我竟能够与红马牌、双鱼牌为伴,能够把偶然拾到一包飞马牌香烟

烟

作为惊心动魄的大事铭记不忘,也就应该确认我委实已经在劳动改造中脱胎换骨,成为新人了。我对于"有啥吃啥"心悦诚服,我一直是跟在贫下中农的屁股后头争取赶上他们的生活水平,同他们同甘共苦的。

皇天后土,实所共鉴!

如果没有这样的背景,我想我绝不会把那包飞马香烟记得那么清楚的。我的记忆力其实很差,往事都如隔世。通常看完一部长篇小说,会连主要人物的名字都很快忘记。所以,当年谁在报纸杂志上写了批判我的文章,谁在批斗会上慷慨激昂地做了揭发我的演说,我早就忘光,而且大都当时就没有看也没有听,连忘记两字都用不上。甚至近年来一些正人君子勤奋地戳我的背皮,把手指都戳酸了,戳痛了,已经拔出刀子来了,我也全然没有放到心上去。按理说是很不礼貌的,我这样一个百无一用的书生,前前后后竟惊动许多英雄豪杰日夜为我操劳,应该内疚,应该买些高级香烟孝敬孝敬他们才对。这样就可以让那些灵魂不用洗涤就得到安宁。我连这点也没做,并非小气,而是这一切的一切,对我来说远远不及那包飞马香烟更有记住的价值。

好像扯得太远了。其实一点也不,我一直在说香烟的形势和行情。作为一个颇有名气的烟囱,我对于各个时期香烟的形势和行情可说是相当关心的。我不但甘心受这些微型棍子的奴役,甚至爱屋及乌,对香烟的包装也一往情深。常常在烟柜前目迷五色,流连不忍去。有新牌子出来总要买一包,意不在烟而在壳也。试想当年中国市场,如果没有五彩缤纷的烟壳子点缀,岂不要黯然失色!一九五八年春天下乡劳改以前,等待处理实在等得无聊,我曾用十支装的中华牌烟壳编织成一只漂亮的提包。要没有它我还真不知如何把时间消磨过去呢。

我一向相信我同香烟结下了不解之缘，我从没有想过要离开它。尽管结核菌在我絮软的肺叶上已经穴居，但也不能因此就叛离我的尼古丁兄弟，明智派都劝导说："不要再吸香烟了，这是慢性自杀剂！"这叫"旁人只说旁人话"，哪里懂得个中的滋味。所谓"慢性自杀"纯是高调，须知连大米饭也是一种慢性自杀剂，它在同肠胃的斗争中终将把消化系统破坏得无法收拾的。饭桶们笑烟囱们慢性自杀，充其量不过是五十步笑百步而已。烟囱的中坚分子则宣称香烟绝不可戒。人在烟囱在；旗子不倒，烟囱不倒。世间流传的戒烟故事，已足够人们一天笑到夜，一年笑到头，没有必要再去制造了。人是要有一点精神的，不要把这点精神在"吸了戒，戒了吸，再吸了戒"的反复过程中消耗掉，培养出那种叛徒性格来。我非常钦佩这种理论，后来更钦佩这位理论家的实践。他那管烟囱临死还冒烟，虽然每吞吐一口都像被敌人在鼻子里灌了辣椒水一样呛得死去活来，但他终于坚持到底，充分表现出了大无畏的英雄气概。

他的精神鼓舞着我们，有许许多多的同志正在踏着他的脚印前进，前赴后继，跌倒了爬起来，爬不起来就永远不会再跌倒。

就这样，在我被当做猴儿耍来耍去的漫长岁月(五分之一世纪)里，自始至终，我与烟兄长相依。我们结发夫妻都不曾能够同它一样熬到头，它的命比女人硬，即使熬到内里一根烟丝都找不出来，还能靠烟梗填饱肚子挺然成棍。蹲到我的袋里来，硬邦邦地使我觉得还有东西撑住我的腰把子。所以弄

烟

得我无时无刻不依赖它。一九六八年金秋,武进全县中学教师被集中在前横中学清理阶级队伍,我在牛鬼队里一次向毛主席汇报的活动中,低头认罪结束刚想走,被监督人员喝住,叫我继续向老人家请罪,一再责问我刚才搞的什么勾当。我木然失措,总也想不明白出了什么差错,最后还是他们喝令我把右手举起来,我才发现指缝间夹着个烟屁股。

唉,我们实在太亲密了,已经融为一体。毛主席呀毛主席,你量大福大,原谅这一遭吧,我可不是有意表示不敬啊!我知道什么都瞒不过你……请想一想,我敢吗?

我对烟兄第一次萌发异志是在一九七九年夏天,那时候我由鬼变成人不久,极富生趣,明白在阳间做人比做鬼好,我会见了许多二十多年不见的老朋友,其中有方之,这时他离病故已只有几个月了,依旧是货真价实的烟囱。但吸进去已不舒服,分明在受罪了。我想彼此都折磨了几十年,青春已白白逝去,到现在刚有机会能做些事情,似应爱惜身体。因此竟劝他戒烟。我老实坦白,只劝过几次,并没有横加干涉。但是行过贿,那时候刚巧推出时代的尖端产品戒烟糖。我便去买来送他。买的时候还问清了"要吃多少才戒得掉"后一次买足了的,也不曾多送。方之谢世后不久,我碰到了他的夫人,他夫人当然从丈夫那儿深知烟囱之害,见我还在吞云吐雾,就说:"快戒掉,方之还有一大包戒烟糖搁在那儿没有动,你拿去吃吧!"我嘴里唯唯,肚子里直笑,明白那就是我买了送云的东西。他都不肯吃,我做傻瓜吗?后来自然也不曾去拿。

之后两年中,我的手头比较宽裕,思念旧情,便大捧烟兄的场。尽量拣质量好的塞进烟囱去烧,而且加班加点,每天至少让它冒烟十六小时(等于八小时工作制两班)。回想起来,那便是最鼎盛的时期了。俗话说月盈则亏,盛极必衰。虽然我从未说过戒烟,但那时心里已明白同烟兄团聚的日子不长了,要么生离,要么死别,此外已别无选择。

一九八二年春节第三天,去朋友家贺年,吃了晚饭步行回家,竟一步三喘,走不动了。我想烟兄当已把我看透,就要把我开革了。人贵有自知之明,于是当机立断,即刻戒烟。

那天晚上,我便抢在烟兄踢走我之前,主动搬出,自立门户。现在一九八九年春节已过,整整七个年头了,明白这门户是完全可以轻易撑持下去的。想当年有人怕我烟断命送,说年纪大了不宜改变习惯,改变了反而容易得绝症,列举某某和某某为例,都是戒烟才戒出癌症来的。我倒幸还健在,竟不能为卫道者再添一例。偶念及此,不禁要暗叫一声:"惭愧!"

当时一刀切断,家里还有近十条香烟,有客来,便照敬。若出门,也总记得带包在身上。有一次去浴室洗澡,摸出来请服务员的客。服务员已经知道我戒了,很不好意思地说:"高老师,你自己不吸了,还亏你买了请客!"我笑笑长叹一声道:"一个人活在世上,最好是什么都能吃。我戒烟,是因为我不能吸了。你们能吸,就吸吧!"这原是随便说的话,想不到坐在我右侧的一位浴客竟兴奋得从靠背上竖起身来,大声赞同说:"这倒也是一句话!"我看他如此鼓舞,不禁愕然。大概他也正在矛盾中,所以拾着鸡毛当令箭,便当拨云雾见青天了。我只得笑着说:"老弟哪,我那句话还开了个大决口在那儿呢。"

"怎么呢?"

"我说'最好什么都能吃',能行吗?要行的话,人——你吃不吃?"

于是大笑。

时间长了，别人见我果然不做冯妇，便另眼相看。我们这个社会是不会埋没人才的。伯乐们发现了，就树我做典型。最热心的是一些夫人们，拿我当炮弹攻击丈夫，说像我这种大烟囱都不冒烟了，哪还有戒不掉的理！斗争之余，又要我介绍经验，以便回去对丈夫进行具体帮助。我就说："我的经验只有一条，你回去买足好烟让你丈夫日夜吸，让他吸厌了，就不吸了。"这是大实话。谁知人家当扯淡，都不肯听。无怪乎古人有"人生得一知己足矣"之叹。

知己诚难得，但孤独也不能使我移情了。我同烟兄各立门户，互不干扰，经过时间的考验，证实不算失策，因此并无改悔之心。但原先总以为彼此的前途，都像潺潺山溪，不会浩荡了。想不到烟兄的鹏程，竟在同我分手以后，我向独木桥上走去时，它便上了阳关道。记得当年吸洋烟，在广州还刚露头角。谁知这竟是前途无限的新生事物，转眼之间，便野火春风，势成燎原。不但当年也曾风流的飞马牌已销声匿迹，就是以鲜花为标志的光荣烟也早付东流。时代前进的脚步如冰似铁，冷硬无情，现在若要出手，已封了"前门牌，皱眉头；牡丹点头不伸手，吸了良友没准头，没有健牌莫开口"的辉煌时代了。那外国香烟吸起来，味道真真好得来！

去年有张小报登过一条消息说，这些年（总也不过几年吧）进口的外烟，累计约五亿美元。我想这该是"计划内"的数字吧，却也可见我们实力之雄厚。官方最近公布我国历年来欠的外债一共不过二百十亿美元，相比之下，五亿也还是个很小的数目。走私和零星带进来做礼品或自用的，也有相当一部分，但那是外快，无用入账。当然，要对外开放，洋烟就不会不进来。我们要它来，意在供应外宾。但既然外宾吸得，我们自己当然也吸得,一碗水要端平,大家一起吸最好。我们的思想和我们的制度,极有利于一事一物的普及。肚子大大的,能消化一切……

试看现在长吸洋烟的,各行各业都有一大批。这大概也是行行出状元的意思。我们的同胞,有福气同洋烟做伴的,大都应是不靠工资生活的人,否则也陪不起。但我们周围偏偏大有人在,而且不该有的行业还特别多。他们的工资完全透明,奖金呢,国务院规定他们的单位不能经营工商业,应该能一眼看清。所以晓得他们的底细,算得出他们的合法收入够不上每天一包的支出。他们却天天吸、月月吸、年年吸,一牌到底,永不变味。长久乐此不疲,而且在大庭广众间常显摆,那才真叫本事!

于是我便想起在"文化大革命"里挂牌的事。记得有些女性被揪出来后,胸口牌上写的是"腐化分子"。那意思自然最明白不过了。我知道,她们中间大多数人都是冤枉的,但即使少数几个人果有其事,也不应受这种虐待。就是妓女,也不肯挂了牌上街去干。可是,如今细看那长叼洋烟的嘴脸,却看出其中有自愿的来。

烟

吸烟与时髦

◎陆文夫

吸烟早就不是什么时髦的事了,已经成了一种不良的嗜好,一种不文明的行为,几乎所有的公共场所都禁止吸烟,每年五月的最后一天还被定为世界无烟日。在某些国家和地区,吸烟好像是做贼似的。烟民们的声誉如此地一落千丈,这在半个世纪之前是不可想象的。

想当年,抽香烟的人都是时髦人,能在市面上走走的大人先生,常常是头戴一顶礼帽,手拿一根拐杖,嘴咬一根烟嘴,烟嘴里插着一支燃烧着的香烟……哇,有派头,是新潮人物! 和现在的大款是一样的。

抽香烟为什么会被认为是时髦呢,因为那时的中国人都是抽旱烟,抽水烟。老农民穷得揭不开锅,也有一根旱烟杆儿别在腰上。

烟杆儿的种类很多,从最简单的竹根烟杆到名贵的紫檀烟杆、玉石烟杆、银烟杆、铜烟杆,短的只有五六寸,长的要有一丈多。劳动者多用短烟杆,不抽的时候便插在腰带上,或者是插在后颈的领圈里。士绅们多用长烟杆,拖在手里像一根拐杖,抽烟的时候要别人替他点火,或者是凑到火苗上,伸进火盆里。长烟杆还可以打人,地主打农民往往用烟杆在农民的头上笃一下,这一下很疼,可以把你的头打出一个包,打出一个洞也可以,因为那烟锅是铜做的。中国的武侠小说里有个怪侠欧阳德,他就是用烟杆做武器,天下无敌。

抽水烟通常要比抽旱烟高一个档次了,用的是水烟袋,这玩意儿设计得十分巧妙,实际上是一个铜壶,壶内灌了一定量的水,烟经过水的过滤再吸进嘴里。中国的烟民直到今天还引以为荣,认为这是世界上最科学的吸烟工具,可以把烟中的焦油、灰尘和部分尼古丁都溶在水里,比现在用的过滤嘴要高明百倍。

在中国的中上层人士中,抽水烟曾经是很流行的,甚至产生了一种烧水烟的职业,即在茶馆酒肆、牌局宴席上,有人用一种特制的水烟袋侍候那些吸烟的,那水烟袋弯弯的烟管长约一米,烧烟人站在一米之外把烟嘴凑到你的嘴边,让你手脚不动地吸几口。没有规定吸一口是多少钱,用现在的话说是收取服务费,服务费高低从来就没有定规。

时髦的事情来了——抽香烟。说起来也很奇怪,大凡时髦的玩意儿都是从外国传来的。

香烟肯定不是国产的,我最早见到的香烟是老刀牌,商标是一个拿着大刀的海盗,人们都称之为强盗牌。香烟从上海流传到我们家乡的乡镇。乡镇的烟民开始时抵制香烟,不敢吸,说是吸了香烟之后就不会生孩子,是洋人用来亡国灭种的,这可能和英国人向中国贩卖鸦片有关系。

烟草商也有办法,派出推销员深入小镇和码头,把香烟摆在地摊上,免费请大家吸,推销员自己吸个不停,说明吸香烟没有问题,你要买也可以,比黄烟丝还要便宜。当然也有勇敢的人带头,吸了也没有什么问题,于是,香烟就流行开了,烟价也就立即涨上去,弄得一般的人也吸不起,还是抽旱烟,学时髦也很花钱。

我的祖父开始是抽旱烟,后来抽水烟,他有两个白铜的水烟袋,一个是自用,一个是待客的。我童年时对祖父的印象便是在清晨的睡梦之中听见他咕咕地抽水烟,如果半夜醒来还听见那咕咕的声音,那就是家中有了什么疑难的事情。

我的父亲经商,他抽香烟,四十年代听装的香烟质量很好,抽起来香气四溢,中国人把纸烟叫做香烟即是由此而来的。

我的父亲"教子有方",当我十五六岁的时候便鼓励我抽香烟:"你将来要到社会上去混,抽烟是一种必不可少的交际,迟早都要学会。"那时谁也不知道抽烟会短命或是要生癌症的。

我父亲的话没有说错,自从香烟风行之后,请人抽烟就成了一种礼节。家里来了客人首先是泡茶、敬烟。如果自己不抽烟,又未准备烟,那就必须道歉:"对不起了,没有烟敬你。"如果是求人办事,婚丧喜庆,朋友聚会,请人做工,那,没有烟是不行的。早在四十年代,我们家乡的农民通常都买一包香烟放在土灶上的炕洞里,那里干燥,烟不会霉,成年累月地放着,以备贵客临门。于是,烟的意义已经不仅是一种嗜好,而是发展成为一种社交礼仪和拉关系的手段,愈演愈烈,直至今天。前两年社会上流行着一种说法,如果有什么环节打不通的话,那就先用手榴弹去摔(送酒),再用爆破筒去炸(送烟),因为送收烟酒也算不上贪污行贿。中国的烟民之众,烟草的消耗量之大,在当今的世界上居于首位,吸烟不仅是个嗜好问题,而且是个社会问题,是社会习俗和社会心理的一个组成部分。比如说八个人在一起开会或聊天,其中有六个人抽烟,第一个掏出烟来的人就必须向其他的五个人每人敬一支，否则的话你就有点瞧不起人，或者是小气。来而不往非礼也，第二个人便掏出烟来每人敬一支。如此轮番一遍，每人就抽了六支烟，根据烟瘾的需要抽两支也就行了，其余的四支是"被动吸烟"。那你不能不抽吗？这就要看情况了，有时候不能不抽，不抽便是瞧不起敬烟的人，或者是嫌他的烟不够高级。中国人的戒烟之难，实在是因为敬烟和吸烟已经成了人际关系中的一种礼节。

一个人吸什么样的烟，竟然成了一种身份的标志，四十年前我和一个朋友到一家高级宾馆去找人，门房不让进，要我们出示身份证明。我们都拿不出，便和看门的人磨嘴皮。我的那位朋友灵机一动，便从口袋里摸出一包中华牌的香烟，一人一支抽了起来。那看门的见我们居然能抽中华牌的香烟，决非等闲之辈，便挥挥手，让我们进去。由此可见，香烟已经不是一个有毒的物质，而是一种不良的精神状态。

小小的一支香烟，从时髦到不时髦甚至有害，人们对它的认识差不多花了一百年，认识是一个多么漫长的过程啊，赶时髦可得当心点！

1997 年 5 月

戒烟

◎冯亦代

屈指算来,我不抽烟已整整过了十年,真是"光阴似箭,日月如梭"啊!

我本来是个烟鬼,每日在烟斗里吞云吐雾,还自以为有英国绅士风度,好不自鸣得意。记得在大学念书时,第一次得了笔稿酬,我考虑了半宵,决定周末到市里去买一只英国 3B 牌的烟斗和埃琪沃思牌烟丝。好容易挨到星期六,就搭校车到了上海,按计划行事。买到了烟斗烟丝,又上南京大戏院去看电影。时间尚早,便坐在休息厅里,装了一斗烟,点燃了抽了起来。还不到几分钟,我便感到天旋地转,胃里也在翻江倒海,要呕吐又吐不出,好不难受。对坐一位洋人见我脸色煞白,问我是否得了病,我也说不出一个究竟来。但这时我已停止了抽烟,人就慢慢地缓过来了,我等不及看电影就匆匆回军工路学校。

自从买了烟斗以后,虽说吃了苦头,还是不买账,每天暮色四合时,便坐在寝室的书桌前,点起烟斗,消磨时光。那时抽烟只为求得心理的平衡,但抽着抽着,便离不开了。

一九三八年岁初,我到香港谋生,一个人住在宿舍里十分无聊,不过那时除了读书,逛书店,看电影,也想不到要抽烟,因为香港天气热,拿着个烟斗有烫手的感觉。可是结婚之后,新居有个大阳台，下班回家，吃晚饭还早，便又慢慢拿起了烟斗，坐在阳台的藤椅上，习习凉风扑面，一面四顾街景，亦一大乐事！而且安娜喜欢闻烟味的甜香，尤其在她怀孕的日子里，闻着香气可以压下她的恶心，我便须臾不能离开烟斗了。后来我又要调去重庆，知道那里没有烟丝卖，行前把几个烟斗分送了友人，作为纪念。到了重庆，有几个抽烟斗的朋友，买了烟叶自制烟丝，知道我抽烟，便源源供应，我便又咬上烟斗了。

建国后我定居北京。记得三年困难时期，那时我劫后余生，百无聊赖，便用榆树叶子撕碎了当烟丝抽。以后上海的双喜牌烟丝又生产了，就"鸟枪换炮"，又是一个洋味十足的书生了。"文革"时期，抽烟斗被视为资产阶级生活方式之一，我又身入画地为牢的囹圄，连吃药的自由都没有，遑论抽烟斗！

一九八〇年我和卞老之琳应哥伦比亚大学翻译中心之邀去美国，囊中缺少美金，无钱购烟，幸而朋友们知道我抽烟，每来看我，必有纸烟带来供我焚烧。不过那时美国的戒烟风甚盛，每到一处，吸烟的人总被视为异类，进饭馆、咖啡店、上飞机、火车都有专座，心里颇不好受。我只在旅店的卧室里抽烟，同室的卞老也是烟不离口，屋子里满室氤氲，味道由香变臭。女清洁工每晨来收拾，露出一副鄙薄的脸色，看了好不难受，便越来越不能忍受了。但因循坐误，总也没有下决心。回国之后，老伴听见我每晨咳嗽，便提出要我戒烟，我只当做耳边风，不予理会。

一九八二年有次总工会的老安来看安娜和我，他因抽烟得了肺癌，动了大手术，险些命归黄泉，就现身说法劝我戒烟，我一阵羞愧，便说我不再抽烟了。安娜说当真？我说当真。安娜便把摆在桌上的几只烟斗，全收了起来。老安说这才像

烟

个大丈夫！可是我看见烟斗被收，心里还在想"人生几何，又何必自苦乃尔！"这时安娜已将罐里的烟丝，全倒在簸箕里了，我已经没有反悔的可能，心里反而有一阵轻松的感觉。

前几年一位老友来信说，患了气管炎，大夫要他戒烟；他戒了又抽，咳嗽厉害了又戒，就是戒不掉。烟瘾发时，好不痛苦，问计于我。我回信，说要有壮士断臂的决心。一年后，我们在京中重逢，他连连向我打躬，说一生痼疾，为我"决心"二字治好。从此，我就掂出"决心"的分量来了，怪不得世人要用壮士断臂来形容。

吃 烟

◎贾平凹

吃烟是只吃不屙,属艺术的食品和艺术的行为,应该为少数人享用,如皇宫寝室中的黄色被褥,警察的电棒,失眠者的安定片;现在吃烟的人却太多,所以得禁止。

禁止哮喘病患者吃烟,哮喘本来痰多,吃烟咳咳咔咔的,坏烟的名节。禁止女人吃烟,烟性为火,女性为水,水火生来不相容的。禁止医生吃烟,烟是火之因,医是病之因,同是因,犯忌讳。禁止兔唇人吃烟,他们噙不住香烟。禁止长胡须的人吃烟,烟囱上从来不长草的。

留下了吃烟的少部分人,他们就与菩萨同在,因为菩萨像前的香炉里终日香烟袅袅,菩萨也是吃烟的。与黄鼠狼子同舞,黄鼠狼子在洞里,烟一熏就出来了。与龟同默,龟吃烟吃得盖壳都焦黄焦黄。还可以与驴同嚎,瞧呀,驴这老烟鬼将多么大的烟袋锅儿别在腰里!

我是吃烟的,属相上为龙,云要从龙,才吃烟吞吐烟雾要做云的。我吃烟的原则是吃时不把烟分散给他人,宁肯给他人钱,钱宜散不宜聚,烟是自焚身亡的忠义之士,却不能让与的。而且我坚信一方水土养一方人,是中国人就吃中国烟,是本地人就吃本地烟,如我数年里只吃"猴王"。

杭州的一个寺里有幅门联,是:"是命也是运也,缓缓而行;为名乎为利乎,坐坐再去。"忙忙人生,坐下来干啥,坐下来吃烟。

1996 年 11 月 26 日

我与香烟

◎苏童

我与所有的正常人一样,幻想有一个钢铁般强壮的身体,有一套如同精密仪器般纹丝不乱的内脏系统,唯其如此才有可能活到九十岁以上的高龄。我有一个朋友一直以家族史的长寿而自豪,他坚信自己也是长寿的,有一次对周围的朋友说,等到我九十、一百岁了,看着你们这些朋友一个个先我而去,我的心情一定会凄凉透顶,我一定会怀念你们的!

我真的羡慕那个朋友对自己的健康或者寿命的乐观态度。假如我说出这一番话,不免有点虚张声势了。我抽烟抽得很多,我的生活作息也极无规律,只要稍具健康知识的人都知道,这都是影响健康的大敌。

我有一定的健康知识。大概还是在我小时候,我就劝我父亲不要抽烟,理由就是吸烟影响健康。可是具有讽刺意味的是我在上大学期间也抽上了烟,而且抽上了再也没有戒掉,一直抽到现在。经常有不抽烟的朋友问,抽烟到底有什么好处? 我的回答与大多数烟民是一样的,没有好处,只是改不掉的习惯罢了。

习惯其实都是可以改的,只不过看你愿不愿意改。这我也知道,我的不改其实多半是出于畏难情绪,不愿轻易去动自己身上的半根毫毛,说起来不可思议,这竟然是对自己的一种

烟

爱惜了。我懂得健康知识,但有时候思维不免是非科学化的,自己给自己打气说:我为什么要按照健康知识来生活?我为什么为了那未知的健康舍弃这已有的快乐?

像我这样的吸烟者都陷入了一种知错不改的困境,如此便为自己寻找一些古怪的借口。有个吸烟的朋友向我转述一个吸烟的医生的话,那医生说,吸烟不可怕,只要同时喝茶,香烟里的有害物质就会过滤掉许多。这正中我下怀,因为我恰恰是又吸烟又嗜茶的。还有一个朋友的理论更加令人心跳,他举出自己的两个亲人的例子来证明戒烟的坏处,说他父亲吸了一辈子烟,没事;突然注意起健康来了,戒烟。戒了几个月,就戒出肺癌来了,死了。还有他的哥哥也是,吸烟的时候没事;戒烟又戒出一个肺癌,现在正在医院里。

我信奉科学,我有一定的健康知识。所以我对所有违背科学的理论都是持怀疑态度的,但是在吸烟问题上我始终愚昧,听到上面那两位朋友的话,明明知道是以偏概全的歪理,心里却如释重负。可见有的人是不依据知识来生活的,有的人甚至愿意以健康为代价,对科学翻白眼。我就是这种人,我拿自己也没有办法。我的态度就是这么简单粗暴,喜欢吸就吸,去他妈的,不管那么多。

烟话

◎蔡翔

我抽烟,抽得很凶,家人屡屡给我白眼。依然抽,依然抽得很凶,依然一屋子烟气腾腾。

父亲年轻的时候也抽烟,后来戒了,老来戒的。戒了烟的父亲尽管脸色渐红,胃口渐好,晚上也不咳嗽了,不再吵得四邻不安,但也渐渐平淡起来,时时六神无主的样子,开始管些鸡毛蒜皮的小事,人也爱唠叨了。后来好些,迷上麻将了,晨出晚归,风雨无阻,总算又给男人漂泊的心找到了一个归宿。

同所有的男孩一样,在我还是一个男孩的时候,便对烟产生了一种莫名的兴趣,继而便开始冒险。先是偷父亲的烟,那时父亲抽"光荣",抽屉里时有整包的烟放着,家中无人,便蹑手蹑脚取出,轻轻揭去封条,极小心地,只拿两支,最多三支,然后再将封条用饭粒粘上,悄悄放回原处。拿了烟,便去找伙伴,躲在墙角里,哆嗦着手,用火柴燃着,深深地吸一口,然后憋着,稍时,让烟从鼻孔里徐徐喷出,相互望望,一股豪气油然而生。

第一次抽烟,当然咳嗽,脸呛得通红,当然觉得这味道也没有什么好,只知道这是男人的事。

后来大些了,也抽,不用偷父亲的烟了,省些零用钱,偶尔买一包,通常是"飞马",大家分着抽,三五成群,叼着烟,斜斜

烟

地叼着,在街上大模大样地走,横冲直撞,很神气的。

后来便去插队了。

我们六个朋友一起去,分在一个生产队里。临走那天,相互约好不要大人送,极豪情。车站人很多,我们坐在一起,谈笑风生。汽笛响了,车轮启动的一刹那间,车内车外顿时响起一片哭声,我们没哭,只是木木地坐着。有人掏烟,大家都在掏烟,听着哭声,听着车轮轧轧的转动声,点起烟,烟雾升起,居然也生出了一丝小小的哀愁。

我插队的地方,在浍河以东十八里外的一个小村庄。地里种着烟。当地的男人都抽一种自卷的喇叭烟,用一张窄窄的纸条,斜着折好,撒上些碎烟叶,两头一拧,便成一头粗一头细的喇叭形状,然后用舌头一舔,粘好,将尾掐掉,便可以抽了。这手艺我不久便学会了。

日子一天天过去,烟瘾也一天天大了起来。挨家挨户要烟,陈烟渐渐抽完,便盼着秋天。收烟了,极高兴,抢着去打烟叶。打完烟叶,便用绳扎好,系在一根根竹竿上,送进炕房。便等着。烟烤好了,便一个个穿起破大衣,假模假样地去捆去扎,很卖力的样子。趁人不注意,便将上好的烟叶成捆地塞进大衣。那烟成色极好,黄灿灿的。然后便回家,将烟扔在帐顶上,让它受湿去燥。过几天摸摸,有点潮了,便取下用刀切成一丝一丝,极细,再用塑料袋小心盛好,扎紧,这就可以慢慢受用了。

那时很少抽卷烟(当地叫洋烟),没钱。刚下乡的时候阔气,箱子里放着"飞马"、"大前门"、"群英"、"牡丹",各色卷烟。逢人就散,还比赛,看谁烟圈吐得多,圆,且大。抽完,嘴里衔着个烟屁股，使劲一吐，烟丝如子弹般射出，烟纸却仍粘在唇上，便起了个名称，叫"金蝉脱壳"。后来想起，便觉冤，觉浪费，浪费是极大的犯罪，便再不吐烟圈，不"金蝉脱壳"了。常常一口烟吸进，经口腔，经嗓门眼，经肺，经胃，然后下丹田，转几个弯儿，再慢慢由鼻孔里回出，那烟极淡，肉眼几乎看不见了。烟屁股便顺手扔在床下，逢阴雨天断烟，便撅起屁股钻进床底，一个个拣起，相互嘲笑，说是"捉蟋蟀"。把烟头放在一起，剥去烟纸，取出烟丝，卷喇叭烟抽。

油是从不打的，菜不种，更不买。馋了，便去农民自留地里摘，夜里去，贼似的。有一年中秋，想起家乡菜，想吃毛豆炒肉丝。想着想着，半夜里就行动了。找到一块地，便摘，摘得飞快，突闻附近地里人声，人声渐近。猛然想起这地是社里一个五保户的，甚觉难堪，躲进一条干沟。有手电照来，来回巡梭，状如敌后武工队。安慰自己，说是提前进入共产主义。后来觉得兔子不吃窝边草，便时时到附近别的村里去摘。

省下钱，一月半月，相约着进城。打一瓶酒，买两包好烟，大模大样地下馆子。那时物价便宜，五块钱可以要上一桌子菜。菜上齐，酒斟满，却不忙着喝，先慢腾腾点起一支烟，一个个菜看去，慢慢看去，此时便觉得日子是何等快乐。

最快乐的便是夏夜了。吃完饭，上井边提一桶凉水，迎头浇下，直觉凉到腚眼。然后打着赤膊，跋双拖鞋，扛一张凉席，土坡上铺好，几个人便横七竖八躺下，抽烟。倘有人此时摸出一包卷烟，便是一阵欢呼。这时凉风习习，全身四万八千个毛孔一起张开，便想给个皇帝也不干。烟头一明一暗。看星星，聊天，想到哪说哪，说宇宙飞船，说火星，说寂寞嫦娥，说更寂寞的吴刚。也说小时候，说学校里的事，傻事、趣事、坏事、荒

烟

唐事,说得高兴,黑暗中便见暗红的烟火闪闪烁烁,时而如流星般划过。不说将来,没有将来,一烟在手,便只有现在。

那日子远远地过去了,喇叭烟也早已不抽了。这些年,烟越抽越贵,还带了过滤嘴,但味道却并不怎么觉得好。"大前门"是不能抽了,好像还不如过去的"飞马"。"牡丹"也开始变花样。原来带嘴的牡丹九角二分一包,尽管形象欠佳,抽出来歪歪扭扭,过滤嘴勉勉强强粘在那儿,但内容尚可。现在敞开了,钱却涨了上去。起先是带蓝封条的,卖着卖着不行了,便跌到现在一块六一包,又有黄封条的,卖着卖着又不行了。现在只有一块八,还有一种是用玻璃纸包的,说是"外销牡丹",两块九一包,不多见,最近又有硬盒翻盖"牡丹",那只能在黑市上买了。

"外烟"我素不问津,万宝路的世界,对我从未有过号召力。我抽不惯那混合型的烟味,老使我想起乡下的晒烟,我只抽烤烟型的,大概这是插队时养下的"贱癖"。

我能抽烟,但不能喝酒,有朋友便笑我是半个男人。第一次喝酒是下乡头一年,适逢端午,同屋的插友都是酒仙,打了两热水瓶白酒,那酒是用地瓜干熬的,极烈,洒在桌上,用火一点,便腾起一股蓝焰。那时气盛,自是不服输的年纪,居然灌了一茶缸,结果大醉七天,那好菜自然便无福享用。此后便见酒晕,自称"听酒醉",又号"无酒居士"。

我至今犹怕到北方,怕参加北方的宴请。北方的朋友豪气如云,千杯不醉。自己不醉,却怕客人不醉,那便绕着各种法儿来殷勤劝酒。生逢此时,便要赖,便打岔,便说笑话,便讨论各种严肃的学术问题。实在混不过去,便作豪爽状,仰起脖子,咕咚一口,那酒却存在嗓子眼里,主人一转身,就又吐在杯中，面前总是"杯中酒不干"，于是朋友便不高兴，说上海人狡猾，不好交。

　　我不喜欢喝酒，尤其不喜欢宴席上的酒，乱哄哄地挤在一起，杯来盏往，吆五喝六，一片热闹。我在热闹中常常感到寂寞，寂寞中又觉得充实。也有高雅的，在宾馆，相互点头，举杯致意，互递名片，把心计藏在肚里，热情装点在脸上，在这虚伪的高雅里，便会感到一种天性的窒息。二人对饮，那是促膝谈心了，男人的心常常是封闭的，倾诉衷肠，未免有点小儿女态。自斟自饮，或许能得其乐，但觉形式复杂了点，杯盘筷子，又是嘴，又是手，未免太忙，未免破坏了独处时的那份安宁。

　　这几年经历多了，许多事无法向人言说，也不愿向人言说，更喜欢一个人独自抽烟，一个人坐在那儿，烟雾缭绕，缭绕的烟雾便把自己与世界隔开。尤其是夜晚，家人睡了，把灯关上，独自坐在窗前。屋里一片黑暗，窗外亦是一片黑暗，人被黑暗厚厚地裹起，只有红红的烟头，在黑夜中一明一暗。

　　当烟点燃的时候，男人便回到了自己的世界，一个人的世界。

烟

云烟缥缈

◎雷达

烟厂举办笔会，对烟鬼自然最有吸引力，何况是威名赫赫的玉溪卷烟厂。洪波邀我参加笔会时，大约记着我是个资深烟民，他在电话里便也等着听一声惊喜的绝叫，我却用平静而沙哑的声音告诉他，早在半年前我已悄然戒烟了。他似乎有些扫兴。我当即说，这样去更好，这对我恰好是个考验，而且，透过一个三十多年老烟枪的眼光审度云南烟草业的浮沉，也许会别有一种经济学意义上的客观和冷峻。

烟之于云南，有如命脉，你可以不知道云南的其他物事，但你不可能不知道云烟；而所谓云烟，又有大烟和纸烟之分。旧社会所谓"云土"者，指的是大烟，即鸦片烟。那时的一份文件这样说："畴昔全省鸦片年产三千万元，自禁绝后，农产殆无可观矣。"足见烟土在云南经济中曾经多么重要。现在鸦片基本绝迹，当然暗地里的贩毒者未绝，吸毒者未绝，云南由于传统和边境的原因，似尤胜于别处，而国际大毒枭昆沙之流的魔影还时隐时现，且放言"要给地球注射一万支海洛因"云云，但吸毒、艾滋病之类毕竟更具国际性，乃现代文明恶疾，我们正在尽力消灭之。应该说，在我们这儿，鸦片横行的时代终究已成历史。

然而，大烟隐去了，纸烟又走上台前，成为主角，命运似乎注定云南的经济无论如何离不开一个"烟"字。红塔集团总裁字国瑞先生告诉我们，去年玉溪卷烟厂上缴国家的利税高达一百九十三亿，占了云南全省财政总收入的百分之五十六；而声名远播的玉溪厂仅五千职工，统计下来，人均创利税竟高达四百万元，无异于一个人等于一个大企业。听至此，我先是一惊：烟的利润之高我知道，但高到如许程度，却没想到。继而我又为之亦喜亦忧：喜的是，玉溪卷烟厂活力勃勃，保持了高速腾跃发展，创造了奇迹；忧的是，倘若玉溪烟厂一朝停产，云南的经济也许就不堪问了。

从根本上说，云烟能创造如此高额的利润，是与人类对烟草的需求分不开的。烟究竟是有益无害还是有害无益，争论一直没有停息，而人类几千年便也在这争论中始终与烟为伴。现在当然是吸烟有害论占了上风了，但人类似乎尚未下定与烟告别的决心。这个决心太难下了。据说湖南有位老人活了一百零二岁，别人问他的长寿秘诀，半天，他只吐出了两个字：吸烟。别人一追问原委，他才说，你们看见我房梁上挂的那块腊肉没有，已经挂了好几年了，它从来就不会坏，因为它是用烟熏过的；人也一样，经烟一熏，就不会坏了。听的人无不为之咋舌。记得夏衍先生九十岁那年写过一篇文章，叫《九十自述》，登在《收获》上，其中也说到吸烟问题。他说，有人说吸烟有多大危害，完全是胡说，我吸烟吸到了八十五岁，"文革"中还一直吸的是劣质烟呢，我之所以戒烟，只是因为有天早晨自己忽然不想吸了而已。夏公平时出言很留余地，这回谈吸烟不知为何如此斩钉截铁，颇出人意料，所以我一直记着。我还注意到，为自己开脱或寻找依据的烟民，大抵喜欢援引某些伟人既吸烟又长寿的例子，好像这么一来他就可以心安理得，并喝退他那厌恶烟味的妻子了。我们访问团的顾问汪曾祺汪老，就是一个执迷不悟的烟民，他送给玉溪卷烟厂的题词居然是："宁减十年寿，不离红塔山。"何其顽皮。当然了，这些经验主义者、浪漫主义者们对烟的顶礼膜拜和阿谀之辞，一旦放到科学家的显微镜下一照，便立即黯然；君不见，有多少死心塌地的烟民，身染重病后也不得不与心爱的烟卷告别。不过，有了这么多异端邪说做根据，有了这么多顽健的烟民做强大后盾，烟草业的老板、经理、总裁先生们，你们也该感到"吾道不孤"、称心惬意了吧？

不过，话说回来，烟民固嗜烟，但并非嗜一切烟，也并非所有的烟草业都能扶摇直上，倒霉的厂家多的是。云烟的名贵、畅销，首先是与云南的烟叶之好分不开的。有位专家直言不讳地告诉我，烟好抽不好抽，主要看尼古丁的含量足不足，尼古丁也许确乎有害，但它同时能给人带来欣快感，事情就是这么矛盾。云南烟叶为什么好呢，因为云南高原的土壤是酸性的红壤，这本身就有利于烟叶之生长，而它那无与伦比的气候：日照时间长，无霜期长，雨量适中，特别是一日之内温差大，更是有利于烟碱的积聚和增厚。这还不算，大植物学家蔡希陶又在二十年代为云南引进了优良烟种"红花大金元"，不啻如虎添翼，完成了云烟种植史上的一次大革命。想想看，如此条件下诞生的烟叶，能不佳绝天下吗？普洱茶好，云南药材好，"云腿"好，云烟更好，天何独钟于云南乎？一九二二年，用"红花大金元"烟叶试制的"大重九"香烟问世了，从此掀开了云南烟草业的风雨历程。我们在玉溪烟厂参观时，注意到了一个有趣的现象，那就是玉溪厂所有的香烟都不是用当年的烟叶制成的："红塔山"用置放了两年半以上的烟叶来做，"阿诗玛"用置放了两年的烟叶来做,"红梅"则用置放了一年半以上的烟叶来做,这叫做"自然醇化"。噢,敢情"红塔山"好抽的秘密在这里。一位正在烟叶库搬运的工人笑笑说,这其实是公开的秘密,但没有雄厚的周转资金垫底,谁敢这么干哪。我徜徉在巨大的烟库里,看排排林立的烟叶的高墙,暗暗呼吸着正在"醇化"中的缥缈的烟香,有种喝了好酒后的沉沉欲醉的感觉。啊呀不好,我突然意识到,我的烟瘾还没断根,抽烟的冲动给勾起来了,我赶紧逃离了烟叶库。

我带着严防"烟瘾复辟"的高度警觉继续在烟厂参观。我想,虽然我个人不抽烟了(这一点我要大声地对自己反复说,尤其在烟厂这一严峻氛围中),但我要客观地指出,玉溪卷烟厂为我们中国人争了一口气,创造了骄人的战绩。当我听说玉溪卷烟厂现为亚洲第一大烟厂,并在烟草行中排名世界第五位时,不由感慨系之。前四位据说是美国的"万宝路",英国的"555",法国的"雷诺",英国的"罗浮门"。好啊,老牌帝国主义全都凑齐了,但他们再也不敢小觑中国,必须老老实实把玉溪厂排到第五位了。真是解气。我明明知道鸦片烟和纸烟性质迥然不同,但我还是想起了鸦片战争和林则徐。那时候,侵略者把毒品倾销给我们,他们自己不抽,却诱逼着我们抽,然后吸我们的血,那时烟的利润高达两千倍,致使我国白银外流,银价上涨,国将不国,那时靠索取鸦片商人贿赂发财的无耻官僚如蚁,目之所遇,多是形销骨立、面如土灰的烟鬼。当此危殆之时,林则徐拍案而起,"春雷忽破伶仃穴",虎门销烟何决绝,他不愧为世界反吸毒的伟大先驱!可惜那时我们无论在政治上、军事上还是市场上,都显得多么衰弱不堪,林则徐终究做了列强祭坛上的牺牲品。想起这一切,真是往事只

烟

堪哀,对景难排啊。时间来到本世纪的七八十年代,随着改革开放,随着外国电器、电子计算机、外国参考片、卡拉 OK、肯德基们的涌入,外国的香烟也大模大样地进来了,于是,经理先生们以夹一根"万宝路"、秘书小姐们以夹一根"摩尔"为时髦,倘若再在马路边上有事没事地掏出"大哥大",装模作样地说一通鸟语,那就更时髦了。眼看着"希尔顿"、"登喜路"、"万宝路"、"555"及"骆驼"们又要压倒我们了,眼看着洋烟贩子们又在窃喜了,虽然不再是鸦片,不再是经济侵略,但被人压得抬不起头总是可悲的,就在这时,"红塔山"们"拔烟南天起",遏制了这股危险的势头。在市场较量中,洋烟渐感不支,有的落荒而逃,有的被击溃,有的不得不杀价,"红塔山"的售价已高踞于外国名烟的上头,据说"红塔山"现在的价格已经是一个天文数字了。这些均为市场规律使然,洋商也奈何不得。

在玉溪郊区,在一片平畴上,玉溪卷烟厂显得并不突兀,甚至有些平淡,但你走进车间看看吧,你会惊讶于它的现代化程度之高。灵活的机器人在运货,在装箱,它好像长了眼睛,会巧妙地躲开观者,有条不紊地做事。每过三分钟左右,它就把几十包香烟送上轨道去入库,而运送原料的无人驾驶车,比司机还要狡猾地穿插其间,你不必担心发生"车祸"。巨大的卷烟机最为奇妙,它的指法赛过了世上最伶俐的姑娘,它一分钟即可卷出一万两千支烟,等于每秒两百支烟,也就等于每秒印一张一百元的人民币,而这种机器有十几台呢。有一瞬间,我产生了幻觉,觉得巨大的车间里,一百元的纸币像雪片似的降落着,降落着,耳畔则响起最优美的音乐,让人飘飘欲仙。此时,我的烟瘾好像又从喉咙深处被唤醒了,我快步走出车间,好让自己的头脑清醒一些。

我和朋友们来到了距离烟厂不远的一个山丘上的"红塔"之下。这红塔远没有香烟盒上印的那座红塔玲珑和气派，甚至有几分寒碜。这种塔，在随便什么山野里也不难找到，它只够得上县级文物保护单位的资格。但我没敢小看这座塔，山不在高，有仙则名嘛。据介绍，它建于元代，比较古老。它原先是座斑驳古旧的青灰色塔，一九五八年"大跃进"时，崇尚红色、狂热的人们便将之涂成红色，红塔遂产生。那时烟厂出过些"宝石"啊、"春耕"啊之类牌子的烟，没什么影响，谁也没料到，二十多年后，伴随着"红塔山"牌香烟的走红，这塔不但冲出滇中，而且以挡不住的势头驰名世界。若按照堪舆专家或风水先生的眼光看，此塔定然不凡。过去我们常说延安的宝塔虽不高却气吞山河，玉溪红塔固不如延安宝塔，但在经济界也称得上气冲霄汉了。玉溪人尊重红塔，前不久还刷过一道漆，红灼灼照人，但他们并不迷信红塔，他们不断思索着、总结着作为经济奇迹的"红塔山现象"的内在与外在原因。

　　我们慢慢走下了红塔山，回首望去，夕阳把塔尖染得火炬般灿丽。我的头脑里有许多互相矛盾的东西在打架。我想到：人类要健康地发展，就应该戒烟，而云南经济要腾飞，又应该大力生产烟，这是一种矛盾。云南经济靠烟支撑，形势尚好，但靠烟生存毕竟是危险的，云南似应逐渐摆脱对烟的依赖，这又是一种矛盾。作为内陆农业省，且并无优惠政策，玉溪厂创造了奇迹，这当然好，但这是否能证明靠加工某些抢手的经济作物可以直接走向现代化呢？或者说，能否代替现代化的必然进程呢？这更是一种矛盾。我注意到，车间里那些高度精密的机器，如帕西姆、吉弟之类，均来自美、英或意大利，说明我们还在借"机"生蛋，我们还缺乏足够的科技、能源方面的综合能力。

这时候，负责接待我们的王女士早等在山下了。几天来，我们已很熟悉。她是知青出身，办事干练泼辣，头脑清晰，内在精明，颇具女强人之风。在以后的相处中，每当我们遇到麻烦时，她会突然如救星般降临，例如，邓刚的木雕大佛必须托运而邓刚为之心疼不已汗流如注时，王巨才接到父病危急电需要立即乘飞机时，吕雷的机票急需更换时等等，她都能化险为夷。她的办事效率和处理复杂问题的能力之高令人吃惊。她长得不算怎么漂亮，却总能把人们吸引到她的身边，包括她的几个下属，个个应答如流，遇事锐身自任，让人想到贾探春派活的景况。只有在卸下一天的重担、唱卡拉 OK 时，我们看她手舞足蹈的样子，才发现她丰富的柔情。这是不是一种粗豪与温柔扭结在一起的魅力，一种高原性格？我忽然悟到，玉溪人取得重大成就的秘密，从根本上说，是来自他们的顽强性格、苦干精神和创新意识。人的质量才是最要紧的啊。

抽烟

◎唐鲁孙

一个人在闲下来的时候,悠然怡然点上一袋烟来抽抽,那种闲情逸致,不是瘾君子是没法体会出来的。

抽旱烟、抽水烟虽然方式不同,可是怡情悦性的乐趣是并无二致的。就拿抽旱烟来说吧,这根烟袋讲究可多啦。北方人抽的旱烟袋俗称"京八寸",长不过尺,为的是携带方便,别在腰间也不妨碍干活儿。南方人抽旱烟的,不是老封翁,就是老太君,一锅烟装瓷实了自然有小厮儿媳们点火,所以烟袋杆长点儿没有关系,有时候还可以拄着当拐杖呢!京八寸讲究用乌木当烟杆,不但不怕磕碰,而且经久不裂;南方喜欢用竹杆或漆杆,因为漆跟竹子都出在南方。烟袋嘴儿北方喜欢用玉石或烧料的,有些好讲究的用玳瑁、虬角、象牙、翡翠等等,花样可多啦。至于烟袋锅子,虽然大小各异,可是一律都是红铜或是白铜的,当年自称"皇二子"的袁寒云有一只白海泡石的,可算是绝无仅有的一只烟袋锅了。

一般人抽的烟叫旱烟,我曾经向南裕丰(北平南裕丰、北裕丰是全北京城最大的烟儿铺,专卖各种烟类、槟榔、砂仁、豆蔻)老掌柜请教过,他们潮烟、旱烟都卖,据说旱烟就是针对水烟而来的,至于潮烟这个名词的来龙去脉,连他们也摸不清楚。谈到旱烟自然是以叶子烟为主,有的加锭子烟,有的加关东烟,有的加兰州青条,有的加杭州香奇,于是旱烟有了杂拌、高杂拌之分。当然高杂拌混合烟的种类多,品质高,售价也高,算是高级旱烟。

抽旱烟,为了外出携带方便,烟袋杆一般都是以八寸为度。有些水泥工、木匠、瓦匠有时短到三四寸,别在腰里不碍事,叼在嘴里照样干活。在平津妇道人家也有抽旱烟的,大概多一半是上了年纪的老太太们,烟袋杆最长不过一尺半。到了东北,可就有趣啦,大姑娘坐在炕头上抽旱烟的,所在多有。烟袋杆真有超过三尺的,不用下炕,装好了一袋烟,一伸手就够上地下的火炉子口,可以对火儿啦。苏北上年纪的老太太们,也喜欢用长烟袋杆,可是没看见有用乌木的,多半是用比中指粗一点儿的紫竹子。南方冬天喜欢用手炉脚炉取暖,顶多用炭盆,抽烟当然没有地炉子点火方便。所以要抽烟,不是儿孙们点一根火纸煤子,就是点一根火柴棒儿插在烟袋锅子里抽,虽然够气派,可是太麻烦了。

真正烟瘾大的人,黄河以北十之八九都抽关东叶子,即所谓台片,不但劲头足,而且消食化水;如果烟瘾不大的人,一口烟吸下去,能噎得半天缓不过这口气来。北平要买最好的关东叶子一定要到南北裕堂烟儿铺去买。有一次我在广德楼戏园后台,跟李万春、毛庆来聊天,聊到盖叫天《三岔口》有几个身段特别边式,毛庆来把他的烟荷包递给我,让我尝尝他的叶子口劲如何。抽旱烟跟闻鼻烟儿有个不成文的规矩,遇到同好,人家一递过烟荷包或倒出鼻烟儿来,你一定要装上一袋,闻两鼻子,否则就让人误会你是瞧不起人家了。我赶紧装上一袋,立刻点火来抽,果然兰熏越麝,馨逸沉纯。他的烟是大栅栏南裕丰买的,跟我买的是同一家烟铺,何以价钱一样,货色不同呢？敢情其中还有段掌故呢！早年大栅栏是戏园子密集区域，当然梨园武行朋友，来来往往就川流不断。有一位武行朋友到裕丰买关东叶子出了高价钱，柜上一疏神，给包的是次货，一个不服气，一个不认输，于是闹了起来。武行人多，柜台前挤满了人，吵吵闹闹，闹得烟儿铺实在头大了，于是找人出来说合，条件是武行来买顶好关东烟一定要精选头等货色，所以他们抽的关东烟都是特别精选，我们去买花钱也买不到。庆来算自找麻烦，我抽的关东烟，从此就请庆来偏劳代买了。

抗战胜利后，资委会派我去热河煤矿工作，山区窎远恐怕买不到好的关东烟，除带了几大罐烟丝外，还带了两饼干筒的关东烟去。热河围场有位盟旗王子克拉钦诺，不但爱唱京剧，而且喜欢吃江浙口味的菜肴。有一天他派人请我带了我们票房的教习孟小如、孟之彦、胡老四到他防地去消遣消遣，住了三天。王子看我也抽关东烟，要过我的荷包装了一袋，抽了两口，立刻挽留我们再住一晚，明早再走，他准备点儿好东西送我。第二天一清早他自己送来四挂烟辫子，每挂都有胳膊粗。他说："这种关东烟是我旗下宁古塔特产，每年出产不足三万斤，这是所谓真正关东台片。"我试抽一袋，烟味香醇沉厚自不必说，烟灰色呈银白，磕出灰来成团，久久不散。抽了若干年的烟，这种烟既没见过，更没抽过，我送了孟小如一挂，他不愿独享，分寄杨小楼、余叔岩各一包，他们收到之后，宝贝得不得了，回信说，每逢吃得油腻太饱，抽上两袋，立刻油退滞消，比吃胃药还灵呢！

北方人以抽旱烟为主，南方人在北方做京官的多半是抽水烟。水烟袋起源于旱烟袋之前或以后，目前已无从查考，不过这种烟具，在清初"喜容"画像，已经在配景的茶几上，跟盖

烟

碗茶盅陈列在一起了。到了清末民初，从南到北，水烟袋已经大行其道。无论是仕宦人家，或是市廛商贾，只要闲下来，都喜欢持着水烟袋，怡然自得，喷云吐雾一番。当年南北各省，虽然都流行抽水烟，可是水烟袋的款式大小、长短曲直，以及凿纹镂花，技巧各异，南装北式迥不相同。一望而知，北式水烟袋，烟管稍长，弯度不大，式样厚重大方，通体都是云白铜打造，联系筒管地方的锦络丝绦，都力求大方素雅。至于南方所用水烟袋，大都是苏州产品，所以称之为苏式，尤其妇女所用，不但小巧玲珑，而且嘴弯而短，看起来秀丽娴雅，携带更为方便。听说当年上海北里名花林黛玉，有一只纯金打造坤用水烟袋，羸镂雕琢，夺光灿目，丝络上缀以明珠翠羽。她给客人点火装烟，姿态妙曼之极，后来她送给她所昵伶人路三宝，路还世袭珍藏秘不示人呢！广州有一种烟管特长的铅制水烟袋，大家给它取名"仙鹤腿"，这种烟袋是专门给使奴唤婢的大户人家使用的。老爷们与来客秘谈，太太们与闺友雀戏，就用得着这种仙鹤腿水烟袋啦。至于《儿女英雄传》说部，安龙媒在淮南的茶馆里看到能够伸缩、长逾数尺的水烟袋，抗战胜利之后笔者在苏北泰县一家茶馆里还看见有这种卖水烟的人穿来穿去给客人装烟，不过烟袋上东补一块铁、西焊一角锡，百孔千疮，已经惨不忍睹。现在事隔三十多年恐怕早被淘汰掉了。

　　抽水烟的烟丝，不但种类繁伙，南北也各不相同，北方人抽水烟，烟丝以冀东产的锭子烟为主。也有抽潮烟的，这种潮烟是否广州东潮州产品，就不得而知了。烟儿铺卖的潮烟，小包斤半，大包三斤，压得瓷瓷实实的，都是用裱心纸包装，外加字号水印。烟丝细而且干，打开纸包掰下两块，放在小瓷缸里,用潮润过的湿布把它闷起来回润方能再抽,否则干辣呛人,无法下咽。如果赶上有文旦白柚的时候,把文旦切去顶皮,剥掉果肉,把烟丝装在整只文旦皮里,闷上半天再抽,则烟蕴果馨,柔香发越,说不出有一种怡然曼妙的味道。道地平津土著,抽不惯潮烟,说是抽潮烟容易生痰,于是有人抽锭子烟加兰花子,倒也清醇沺润。实际抽水烟最好是福建的皮丝烟,有些南人客居北地,总要托人到福州带几包丹凤牌皮丝烟来抽,也有人怕生痰加上点兰州青条,或杭州的香奇来抽,不但增香助燃,而且味薄而淡,倒也别有一番风味。当年郭啸麓、傅藏园、郑苏堪、凌文渊、罗瘿公、黄秋岳、周苍庵、管平湖,一些久住北平的文艺界知名之士,他们在中央公园春明馆组织了一个耕烟雅集,研究出二十多种水烟的配方,连龙井茶的碎末儿、檀香粉都列入配方,每年春秋佳日各燕集品评一次。前些时在鹿港文物馆,看见有两只水烟袋,已列为多宝格里古董,回想当年北平的耕烟雅集,大家在闲中岁月品烟的豪情雅兴,如在目前,可是屈指一算,已经是半世纪以前的事了。

烟

我的抽烟

◎高建群

　　世界上还有三种人在抽烟,一种是黑人,一种是穷人,一种是愚蠢的人。我就属于这三种人之列。我没有想到过戒烟。鲁迅先生说,生命是我自己的,所以我不妨大步地向前走去。前面是荆棘,是险滩,是坟墓,都由我负责。先生说这话,是不是针对抽烟而说,我不知道。我只知道,先生的早逝,与他的肺病,与他的抽烟有关系。我翻开《鲁迅全集》,那些暴烈的、作生命之呐喊的文字,其间总蒙着一股浓浓的雪茄味。

　　我有三十年的烟龄,而大量地抽烟,是从二十年前开始的。二十年前我在一家报社开始当文艺编辑,前面一个陕南人,教会了我喝茶,后面一个陕北人,每次他抽烟,都敬我一支来。前后夹攻,穷酸文人的这些烟茶的毛病,我从此惯下了。

　　记得写《遥远的白房子》这个中篇时,每天晚上,我给自己的桌前放两包烟,什么时候烟抽完了,搁笔。两包烟产生的效益是五千字,我用一个星期,完成了这个三万五千字的小说。小说写完后,我发觉自己已经成了个嗜烟如命的人了。

　　抽烟最凶的是写长篇《最后一个匈奴》这一年零十天中。烟从早上抽起,几乎不灭,一直到晚上。我那些日子像一架失控的航天器,一个白痴,全身心都沉浸在一种麻木和癫狂中,抽烟这件事其实成了一种休息和分散注意力的形式。写作的途中,我突然感到还有一件事情要做。是什么事情呢？我想了半天,想起是抽烟,于是将手向桌上摸去。这时我才发现,上一支烟刚刚抽完,烟头还在烟灰缸上冒烟。

烟使你的大脑麻木和麻醉(正如咖啡使巴尔扎克兴奋一样,他的尸体解剖证明,咖啡因已经深深地渗入了他的骨头里。)这样思维中便有一种"删繁就简三秋树"的感觉。你的思维从大处着眼,生活和阅历在烟雾腾腾中升华为艺术。麻木的大脑还可以使你放开胆量,向艺术的高度直逼,古人说"事到临头须大胆",说的正是这状态。

我写《最后一个匈奴》写了一年零十天,保守地估计,以每天三盒烟计算,共抽了一百二十多条烟。这真是一个可怕的数字。它们是怎么毒害我的身体的,我不知道。从钱上计算,这一百多条烟就是一万多块钱。人说,抽烟的人一生要抽掉一副棺材,而对我来说,它该是许多副棺材了。

我从《最后一个匈奴》的稿费中一共拿了两万四千块钱。抽烟抽了一万多,打官司(有人要对号入座)赔了一万多,等于什么也没有。不过艺术家呕心沥血地劳动,原本也不是为了那些。从去年到今年,随着年事渐长,来日不多,我已经越来越彻悟到艺术创造于我来说,是一种宿命和使命的驱使了。

这四五年我抽烟抽得少了,这主要是得力于朋友的劝告。每天从三盒降为两盒。不过提起笔来,所有的劝告便成为耳边风了。我写作是一种全身心的投入,灭此朝食,每一篇都当做自己的遗嘱来写。正如鲁迅先生所说的,生命是我自己的,所以我不妨大步地向前走去。

从江南回来,到今天整一个月,我计算了一下,自己一共买了六条烟,一条烟是十盒,一个月是三十天,二三得六,恰

烟

好,我每天是两盒。

等到什么时候,我不写作了,我也就不抽烟了。我保证能做到这一点。而且,我坚决地不允许我的儿子抽烟,也不希望他将来从事写作这个行当,世界上有那么多提供饱暖的行当,为什么要从事这个不幸的职业呢?要成为像我这样不幸的人呢?

我的父亲五年前死于肺气肿,抽烟即是主要病因。在埋葬他的时候,我给他的枕边放了两盒烟。这是一个烟民对另一个烟民最后的敬礼。

烟士披里纯

◎周劭

一代文豪兼近代中西文化沟通者梁启超,把英文"Inspi-ration"一词译成了"烟士披里纯"。这个英文字第一个音节"in"被他音译成中文的"烟",确乎出人意料,但实在是译得非常出色。余生也晚,不及侍任公砚席,但他的生活细节,也得知一二,这个"烟"字,信手拈来,妙不可言。

在今天来谈烟,虽然尚不至如鸦片、大麻那样有干禁例,但至少在社会舆论的压力下,应该是予以否定的事物。不过虽然很多西方国家不许香烟明目张胆地做广告,还在烟盒子上刊登它坏处的"反广告"。我们国家尚不曾如此彻底,但也如老鼠过街,近乎人人喊打的情况。

烟这个东西是舶来品,据说十五六世纪才传入中土,故陈子展先生对此有浓厚的兴趣,于三十年代曾写有《中国人吸烟考》一文,只是在刊物上连载,后来不曾收集,便不大为人所知。据他说烟草是明代万历时经土耳其和中亚传入的,过了一百多年,才广泛种植,盛行中土。十八世纪末的中国著名学者、百科全书《四库全书》的总编辑纪晓岚,便是有名的"纪大烟锅",他的烟斗大得可以容纳烟叶二两之多,可以从私邸起,一直从驴车上吸到圆明园上朝。同时还有著名宋派诗人厉鹗,因为生少贫困,是从乃兄做烟叶买卖的一个烟草商人,厉

烟

樊榭的诗,是他的同乡后辈郁达夫所非常崇拜的。

话说我吸烟吸了一个甲子,近十多年来才开始为妻女所诟病,她们当然是好意,好叫我多活几岁,而我却一直辜负她们的美意。"人生不满百",我已四分之三达到了,何必怀它"千载忧"?有时辩论得激烈,我便提出历史上名人为我掩护,英国的丘吉尔和美国的爱迪生,日吸雪茄烟两打,(可不是现在市上那种小雪茄!)苏联的斯大林终日烟斗不离嘴,他们不是都活到远远超过古稀之高龄了吗?而我多少年来时常去龙华殡仪馆和一些老友诀别的时候,总明白他们是从来不吸烟的。

行文至此,实在有些后悔,我真是违背了社会道德的准则。但是既未违反国家的法律,又服从各言其志的民主原则,言为心声,虽明知还将为妻女所喋喋不休地诟责,也只好由它了。

我的吸烟,上文说到已届六十年,实在还远远不止,我说的一个甲子,只是指烟中的雪茄烟,纸烟则前乎此四五年早已抽了。烟叶的种植虽只是一种,但制成成品却有多样,西方系统的有鼻烟、板烟、雪茄、纸烟;国粹的有旱烟、水烟等等,其中都用火点来吸,只有鼻烟不用火。但是十九世纪风行一时的鼻烟,现在已绝迹于中土了;只有在电视剧中偶然看到,原来欧洲还是保存那种古老的癖好。

我把纸烟列在最后,是因为它是烟中最差的品种,然而目前全世界最风行的倒是它。对于纸烟,我是不论外烟或国烟,既不备以敬客,也决不受人馈赠的。我一向抽的是雪茄,为此成为抽雪茄的"名人",很多老朋友总要设法给我搞一些好的雪茄。

梁任公的"烟士披里纯"确然有助于他的灵感,能写出《饮冰室文集》那样皇皇巨著来。烟还有另一个作用,便是你曾见过一个口衔烟斗而怒目相对势欲决斗的人吗? 当你们夫妻要反目龃龉时候,你的夫人把一只你所喜爱的烟斗塞进你的嘴巴,你的脾气还能发作吗?

慑于社会道德和舆论的威力,只好负罪写到此为止吧!

烟

香烟与香烟画片

◎邓云乡

香烟东来实录

说香烟画片先要说说香烟在中国的历史，而空口说白话，似乎如孔夫子说的"文献不足征也"，总是不够好的，因而不如先作个文抄公，抄点文献资料，来证实一下香烟在中国的历史。

中国人吸烟的历史并不长，一般是明末清初才开始的。一九二三年胡祖德编的《沪谚外编》民国二十五年增补版收有一支禁烟歌，对吸烟历史有简明扼要的记录。歌云："清朝时代没有烟，只有上等官僚吃潮烟，五更坐朝待漏院，吸一筒淡烟解解厌。清朝盛行黄广水八仙，长毛以后增水烟，道光季年又增鸦片烟，英国运来害尽中国美少年。广东抚台林则徐，一意严禁禁不绝。民国又增香烟雪茄烟，吸者众多几遍地，种种耗费难尽言……"

（按：林则徐先是钦差大臣后是总督，歌词误作抚台。）

至于香烟，歌中所记在民国，但实际上应该更早。据早期上海闻人李平书《且顽七十自叙》辛亥年十月记云：

　　十月，程雪楼都督委余为江苏民政司长……自前清甲午以后，中国始盛行纸卷香烟。日甚一日，风行甚速。皆为中国人日吸之纸烟，支支衔接，可环遍地球，洵不虚也。自辛亥年，沪上有志之士，见斯祸亟于鸦片，乃创设禁吸纸烟会。五月初七日，张氏味莼园开大会，先一日伍秩庸先生邀余演说，余思生平固未吸纸烟，然日必吸吕宋烟三四支。今劝人不吸纸烟，何异五十步笑一百步，莫可往？继念此举适合吾意，若托词不住，于良心上亦说不过去，乃决计牺牲此三四支吕宋烟，是日登台先陈明向日不吸纸烟，独吸吕宋烟，今为奉劝大众，从今日起立志不吸。乃痛言吸烟之害，闻者颇动容。于是各业开会，莫不邀余随伍先生后。至九月初，路上几不见口衔纸烟之人。……不料光复以后，各处伟人莫不吸惯纸烟，堂堂都督府客厅陈以款客，而纸烟之命运，垂绝复苏，以至于今，竟无大力者起而议禁，吾不知此害伊于何底也。

李平书(1854—1927)，名安曾，祖籍苏州，世居上海西门内。少年时任职《字林西报》，后游历新加坡，数任广东陆丰、新宁等县知县，罢官后回上海办实业。《自叙》是一九二二年写的，记纸烟事颇详，自是可靠。不过单文孤证，还感不够，不妨再看杨荫深《事物掌故丛谈》所记，在"饮料食品"章"烟"中记云：

烟由烟草的叶所制成的，烟草原产于美洲，故今犹以美国弗吉尼亚（Virginia）所出的烟叶相号召，其传入我国，则自吕宋……至于用纸卷的烟，即俗称纸烟或卷烟，那还是近数十年来的事，先由外洋所输入，至光绪二十八年，上海始有英美烟公司，就地制造，以其携带便利，吸者

烟

遂众。于是原有的旱烟水烟,遂渐地被它所淘汰完了。

杨氏的书是一九四五年世界书局出版的,所说香烟历史与李平书《自叙》同。这样我说的香烟历史就比较确切了。不过这还是上海和江南一带的情况,传至北京及北方小城镇还要晚些。宣统元年兰陵忧患生《京华百二竹枝词》中有一首道:"贫富人人抽纸烟,每天至少几铜元。兰花潮味香无比,冷落当年万宝全。"

诗后注云:"兰花潮烟,李铁拐斜街万宝全最为著名,自纸烟盛行,不论贫富争相购吸,以趋时尚,兰花潮烟,几无人过问矣。"

先父汉英公青年时,正是宣统末年、民国初年的时代。六十年代初,有一次在北京家中,一位比他小一两岁的长辈亲戚来家作客,老弟兄在饭桌前边吃边谈,当时自然灾害时期,香烟很难买,发票供应。因而说起宣统年间香烟公司,做广告推销香烟的情况。先是在北京各闹市街头,用洋车拉着整车香烟,抬着广告牌子,敲着洋鼓,吹着洋号,行人经过,拉着衣袖,往手里塞整盒香烟,有的人还不要,随手又扔在路边。在故乡山西县城里,镇上,则拉着整车香烟,吹吹打打,穿街而过,一边走,一边向两面柜台里扔整盒的香烟……两位老弟兄,边慨叹此时的一盒次烟,还要凭票供应,十分紧张;一边神采飞扬,挥手比势,形容当年香烟推销时的不值钱,没人要……说来真像梦一样。而我今日写此文时,两位老人兴高采烈、谈话时的神情亦历历如在目前,正如古人所说:后之视今,亦如今之视昔,真不胜时光如驰之感了。

悠悠百年,不知几度沧桑,说到香烟,也是一样。李平书所记的"禁吸纸烟会",父亲与他老表弟感慨话古所说的满街扔香烟、不要钱等等在我的记忆中是没有的了。我有记忆时,已是满街贴着"还是它好"的大号哈德门香烟广告、孩子们争着玩香烟画片的时代了。

香烟牌子

为了介绍清楚,先把当时,即由民国初年到"七七"事变以前一些香烟牌子作个介绍:

茄力克(Garrik),这是最高级的香烟,英国直接进口,上海天津等地都不生产,五十支听装,一块银元一听,是达官贵人、豪富吸食的。当时有民谣:"眼上戴着托立克,嘴里叼着茄力克,手里拿着司梯克。"王了一先生散文《手杖》中曾用过这首民谣,见《棕榈轩詹言》之十。

三九牌(999)烟支细长,只有富豪女太太们吸。五十支听装。

三五牌(555)听装,也是高贵烟,价格同以上两种,也是英国生产,上海不生产。

白锡包(Capstan),上海俗称绞盘牌,因烟盒上印有轮船的绞盘而得名。白锡包是指烟盒内有锡纸,外面白纸包装。又因白纸上印蓝色图案、英文商标。天津、北京又称之为蓝炮台。有听装,亦多廿支盒装者。

绿锡包(The Three Castles),因烟盒绿色,叫绿锡包。但南北更多俗称"三炮台",同白锡包一样,是当时十分流行的高级烟。五十支听装卖五角,二十支盒装卖二角。以上两种烟,开始进口,后来英美烟草公司、颐中烟草公司均在上海、天津取进口大桶烟丝,就地生产。还有一种黄色包装的,俗称"黄炮台",行销不广、售价与以上两种同,都是高级烟。

红锡包（Ruby Queen），上海俗称"大英牌"，北京俗称"大粉包"，粉红色听装或盒装，盒装十支，售价一角。听装每元三听。行销最广。最受工薪阶层欢迎。另有细支者，北方称之为"小粉包"，亦甚普遍。

　　强盗牌（The Pirate），俗称老刀牌，十支装，行销极广，深入内地。价与小粉包同。以上均英商英美烟公司生产销售。均用外文商标。此外该公司均在上海、天津等地用中国烟叶生产之香烟，用中文商标，以品质高下排列如下：

大前门　　行销最广、最久，现在仍有此牌。

哈德门　　行销亦广、亦久，但次于"大前门"。

大婴孩　　南方叫"小囡牌"，多行销农村。

公鸡牌　　多行销农村。

　　生产香烟，开始只有英商英美烟公司，后称颐中烟公司，不久即有南洋兄弟烟草公司由香港到上海开厂，据民国八年《北京旅行指南》该公司所登广告，有：

　　　　大喜牌十支盒装、五十支听装均有。长城牌包装亦同上。其广告词云："南洋兄弟烟草公司，真正国货。民国八年，本公司创设已有十六年。所制各烟，纯用本国黄冈、南雄、均州等处所采烟叶，品质优良，气味香醇，如大喜、长城等烟，尤为价廉物美，远近驰名，爱国诸君，幸垂购焉。"

据此亦可证南洋兄弟烟草公司之历史。此外记忆中之香烟牌号，如：人顶球牌、白金龙、大联珠、翠鸟牌，在北方城乡间，亦十分普遍，均十支小盒，五十盒一大匣。价钱都不贵，然其出产公司，已记不清，一时无法查考了。在二十年代后期，亦有宁波人陈楚湘、戴耕莘在沪创办华成烟公司，出"金鼠牌"香烟，其商标非常像"茄力克"之狮身人面卧像。当时亦无人议论其商标。此牌香烟，价格低廉，行销农村甚广。后又出著名的"美丽牌"高档香烟，烟盒中间印一椭圆形时装女士像。"美丽牌"香烟质量又好，价格适中，在中高档烟中，吸者最多，一时超过大英牌和大前门。香烟广告亦在各大报章、杂志及各闹市大广告牌上刊载。

前文所述，只及英美烟公司、南洋兄弟烟公司、华成烟公司，这些都是最大的几家。但香烟生意，是一种税收最多、最赚钱的生意，不但竞争激烈，而且前半世纪中，投资此项生意的小厂也多，手头资料，自清末民初，直到三四十年代，就有"上海瑞华"、"中国惠南"、"上海和兴"、"上海中兴"、"中华海员"、"上海福新"、"上海锦华"等烟草公司。这自是极少的一部分，其间开业、倒闭、再开业，又不知有多少，兴废之间，也是一部小小的沧桑史了。以上说的还主要是上海一市，其他天津、青岛当时也有一些香烟厂，地方如山西阎锡山西北实业公司，也办过香烟厂，生产过"雁门关"、"五台山"牌香烟，但时间不长，知者已很少了。

三四十年代，国人吸烟，都习惯吸英国式香烟，好的是弗吉尼亚烟叶制造，国产烟叶多用凤阳（安徽）、许昌（河南）、黄冈（湖北）、南雄（广东）、均州（河南禹县）等地所产。"七七"事变前，几乎极少人吸美国烟，如"骆驼"、"吉士"等牌子。美国烟的流行是抗战胜利后才开始的。这时早已没有香烟画片了。

香烟画片

诸多商标的香烟，除去开烟厂的老板以外，要许许多多从业人员。这中间管理人员、生产工人、运输、销售等不要说了，而且还要好的印刷厂、印刷工人，更重要的是美术设计人员。漂亮的烟盒要美术设计，广告要设计，要画师画时装仕女画。为"美丽牌"画广告的谢之光，就是一时著名的专画香烟广告的画家。还有不少专门给香烟画片作画稿的不知名画师，这些画片最为儿童、小学、初中的学生喜爱，因而这些不知名的画师也可以说是早期的"儿童读物画家"。因为香烟是大人吸的，而烟盒里的画片却是当年儿童最爱玩的玩具。烟盒里的画片是什么时候开始有的，这个问题恐怕很难确切回答，但可以肯定，在清代光绪末年、宣统年间就十分普遍了。手头的画片资料，里面画的三百六十行，就全是梳辫子的。有一张上海瑞华烟公司的画片，背面印着龙旗，这是清末大清国的国旗，现代人已很少见到了。

　　我开始懂得玩香烟画片，要推回到六十七八年前，即一九二八年左右，那时我虚龄五岁，刚刚有记忆，开始懂事。家住在太原，每天家中客人不少，常常在打开烟盒吸烟时，把烟盒中的画片顺手拿给我玩，花花绿绿，虽然好玩，但我年龄还太小，太幼稚，玩玩就扔了，也不知上面画的什么。第二年冬天由省会太原回到山乡老家，后来读书了，同学们也有攒香烟画片的，乡下叫"洋片"，或叫"洋画"，我虽然不是专一地玩这些画片，但总也不时收集一些，一扎一扎地用线绑起来，放在书箱中。但乡间吸香烟的少，牌子也不多。再过五六年，到了北京，当时父亲已经不吸香烟了，家中也不再像乡间一样，准备一些待客的香烟，因而在家中收集香烟画片，已十分困难了。但在我上学的路上，却发现了乡间没有的东西，一个花白头发摆小摊买卖旧画片、旧邮票的老头，每天放学时，总招引许多小学生、初中生围着摊子看，这使在乡间就爱好香烟画片的我，一下子大开眼界了，他摊上也买、也卖，小朋友三五张、十张八张他都要，两三个、十来个铜元的生意。买的价钱稍有高低，但卖的价钱相差就悬殊了。因为成套的香烟画片，如《水浒》、《三国》、《封神演义》等人物，烟厂装盒子时，并不平均，有的人物特别多，有的特别少，要配成一套，如《水浒》一百零八将，常常配到一百零几了，独缺三五张，十分难找，这样，这几张稀少的就特别值钱了。当年"大联珠"牌香烟中的画片攒成全套的，可以换一部自行车，但熟悉的小朋友中却没有一个人能攒成全套的，但这个诱惑和幻想也一直在吸引着每一个玩香烟画片的幼稚的心。我是乡下孩子初到北京，对于那一种独缺哪几张，另一种又独缺哪几张，听同学们和那小贩老人讲说起来，津津有味，如数家珍，我常常是茫然的。在这小摊上，人少的时候，老人也给我看过黄边整套的《水浒》、《红楼梦》人物。我对一个个彩色小人，各种古装，并不十分感兴趣。我在乡下家中，玩得最多的是哈德门香烟中的戏文画片，什么《三娘教子》、《南天门》、《武家坡》、《回荆州》等戏剧人物，乡下一年几次唱，因此很熟，也感兴趣。印象中有两张独特的印刷最精美，好像是薛仁贵、陆文龙，四周有金线花边，印刷的纸也好。家中每隔个把月就买一大盒香烟"五十小盒"，如现在皮鞋盒大小，来人多时，一天就能得到两三张画片，但重复的多，而且始终不知道这套戏剧画片一共有多少张。当时香烟一般都是十支装的，二十支大盒很少，大盒中放有大画片，十分难得。我记不清是哪里得到的，有十几张印刷精美的风景大画片，是近似照相的西洋画，水边桥的倒影、树的倒影都十分清楚，我十分喜爱这些画片，常常一个人拿出来玩，梦想着山乡外面的世界。

我为了写这篇文章,曾讨教于比我大十来岁的老友,请他们写信告诉我一些回忆,以补我记忆之不足。这几位朋友都是老上海:他们是外国语学院退休的周退密教授,出身上海名门,其尊人是旧上海001号汽车的拥有者。他认识美丽牌香烟法律纠纷的当事人及其孩子。第二位是曾在林语堂主办的《论语》时代就出名的作家周劭先生,他是华成烟公司老板戴耕莘先生公子戴龙翔在东吴大学的同窗好友。第三位是画家钱夷斋(名定一)老先生,是不少当年著名香烟广告画家的好友。几位老人都告诉我不少故事,现将夷斋先生信抄两段在下面:

> 烟草公司当时在听装或匣装香烟(当时只有十支装硬匣,尚未风行二十支软匣)内,都附入一张香烟牌子,上面都印有单色或彩色的图画或照片。如明星照和风景照片,但多数是画的《三国志》和《封神榜》人物,每张一人,也有戏出多人场面,还有花鸟及民间风俗等画面,内容极为广泛,数量也庞大,有的一整套要一百多张。以后不乏收集香烟牌子的收藏家。我曾在四十年代在孟德兰路(今江阴路)一姚姓家(忘却名字)看过他收藏的各种香烟牌子,有数万种之多,而且大多是整套的,大小各不相同,真是洋洋大观。所以在抗战前,像我在幼年时,都有收集香烟牌子的爱好,孩子们玩弄香烟牌子,风气很盛,直到抗战爆发前后,香烟匣内才取消了附赠香烟牌子,目前在过去年代盛行的香烟牌子,已难于看到了,已成历史陈迹。

> 几位老年好友都说香烟画片是在抗日战争后消失

的，当时战火纷飞，已无暇及此了。一个小小的香烟画片也萦系着承平时代的童年欢乐梦，也均破灭于日寇的侵略炮火，几位老年好友感慨系之。

儿童玩的香烟小画片之外，还有为香烟做广告的月份牌，夷斋兄也在函中介绍说：

除香烟牌子外，香烟公司另外做广告的方法，就是每年印送月份牌，亦即现在的年历。当时的月份牌印得很大，有整张，也印得比较讲究，民间都把它悬挂室内。内容都是画的美人，画得很时髦，也有画儿童的形象。画法是用擦笔画加水彩，用喷笔画出来。这是专门在月份牌上流行的一种特殊画法。因此画面十分细腻准确，姜丽悦目，容易吸引人。但这是商业性的，并非艺术性的。在当时流行全国，极为风行，这种类似月份牌的画，一九四九年以后还有生产，都改为新内容的月份牌年画了。在春节专销农村，近年已衰落。

关于香烟广告月份牌的作者，最早开始于民国初年，由郑曼陀最早使用这种画法，所以他是中国使用擦笔水彩喷画最早的一人。其后有杭穉英、谢之光、金梅生、张碧梧、金雪尘、李慕白，都是擅画月份牌香烟广告画的人，其中杭穉英名望最大，另外谢之光及华成烟公司的张秋寒等，均擅画报刊香烟广告（黑白的），名声很大，谢后改画国画，张则专画香烟包装。一度在五十年代和我共事过。

从老友钱夷斋先生函中，可为本世纪前半的香烟画片、广告等等美术从业人员留一历史资料记录，也是十分有意义的。

香烟是高税率商品，利润从开始就是很高的，记得有一年

烟

年终时天津《大公报》刊载着颐中英美烟公司，一年纯利润四百万银元。先父汉英公看了非常吃惊，从那年春以后就不再吸纸烟，并且自嘲道："从今年开始，你再赚不到我的钱了。"这时还在乡下，后来不久，就到了北京（当时叫北平），直到一九六七年去世，就没有吸过香烟。可是社会上这样不吸烟的人还是太少了。许多著名学人都吸香烟，鲁迅先生不要说了，据知堂老人回忆，青年时，鲁迅先生每天早起一醒来先在枕上吸两支烟再起床，平时和人谈话，总是一支接一支的。胡适之先生酒量惊人，而且爱喝酒，后来有个时期却戒酒了，但仍未戒烟，留下了著名的"纵然从此不饮酒，未可全忘淡巴菇"的名句。只有知堂老人从来不吸香烟，说："用看闲书代替吸香烟。"这在当年专讲"烟士披里纯"（inspiration，"灵感"的译音）——（恕我说笑话）——的时代，似乎也是绝无仅有的了。上海在本世纪开始，就开过禁吸纸烟的大会，而一百年过去了，却到处烟雾腾腾，买纸烟比买什么东西都方便……真是值得人们深思了。

烟的废话

◎周同宾

　　第一个吃螃蟹的人，可谓功德无量。他一吃，吃出了一道名菜。众人都跟着吃，便都既享受了口福，又强壮了身体。第一个抽烟的人，应是罪该万死。由于他始作俑，到而今，全世界每年都有千万人因抽烟致病，丢了性命。烟之害，大矣哉！然而，事情并不如此简单。烟总是讨人喜欢的。它确能移情寄性，排遣无聊，渲染氛围，拉近人际的距离。目下，在社交场合里、公关活动中，烟更是处处在，时时在，处处时时发挥作用。烟火明灭里，吞云吐雾中，确实办成了不少事。就连熟人见面，也总先互相敬烟。即使有些不抽烟的人，口袋里也常常装烟，见熟人奉上一支；好似烟一吸，彼此近了不少，亲了不少。就连在街头问路，去机关找人，也总要先递烟，后问话。烟表示礼貌，表示对对方的尊重。再比如送礼，时下中档的礼品，总少不了几条"红塔山"、"阿诗玛"什么的。送者高兴送，收者高兴收；送者和收者都把烟当做好东西，绝不认为那是慢性杀人的刀子。烟是物质，也是精神。四指长的烟卷儿，能在人与人之间搭一道无形却又实用的桥。烟之功，亦大矣哉！

　　记得本世纪六十年代初，我是个青年文学爱好者。县文化馆辅导业余文艺创作的那位，叫张鸣。此人自称诗人，写诗甚多。他的诗，仿佛从无一行变为铅字，却有一首流传甚广，

烟

诗曰:"李白写诗靠喝酒,张鸣写诗靠吸烟。香烟里边有灵感,点着灵感出诗篇。"诗固不佳,却道出了一条真理。古代文人,多与酒有缘;现代文人,多与烟有缘。翻开中国古代文学史,几乎每页都有酒气。而现代文学,几乎每一篇文章,每一部著作,都是香烟熏出来的。李白们只能用酒刺激灵感,而现代作家则要仰仗烟了。外来的"灵感"一词,当初就译作"烟士披里纯"。我想到两个作家。一个是幽默大师林语堂。此公嗜烟,终生不改。他有一段妙文,简直把烟的神奇说到了至境:"谁都知道,作文者必精力美满,意到神飞,胸襟豁达,锋发韵流,方有好文出现,读书亦必能会神会意,胸中了无窒碍。神游其间,方算是读。此种心境,不吸烟岂可办到? 在这兴会之时,我们觉得伸手拿一支烟乃唯一合理的行为;若是把一块牛皮糖塞入口里,反为俗不可耐之勾当。"他曾戒三周烟。事后回忆,说那是"一时糊涂",是"一段丑史",深为愧疚。他曾希望死后在墓碑上镌刻这样一句话:"此人文章烟气甚重。"林语堂活到八十一岁,学贯中西,著作等身,影响遍及海内外。他最后的死,是否和抽烟有关,不知道。再一个是万众共仰的鲁迅先生。他何时开始抽烟,不知道,反正一直抽到生命的尽头。他沉郁冷峻的小说,犀利辛辣的杂文,都是一手拿烟、一手握笔写成的。他常写到烟。比如我最爱读的《野草》,首篇《秋夜》中有"我打一个呵欠,点起一支烟,喷出烟来"的句子,末篇《一觉》中又有"我疲劳着,捏着纸烟"的句子。无论《彷徨》,还是《呐喊》,都有烟做伴。在《鲁迅日记》里,多次写到买烟。诸如"买金牌香烟五条,四元六角"(1930 年 12 月 26 日)、"买烟卷六包,共计五元四角"(1932 年 5 月 4 日)等等。许广平在《鲁迅回忆录》中也写到多次为鲁迅买烟,而且多是劣质烟。

先生患肺病,长期过量抽烟确实加剧了病情,许广平曾深为悔恨。鲁迅只活五十六岁,按今人定的年龄段,还不到老年。如果他不抽烟,或少抽烟,肯定不会早早辞世。那么,《鲁迅全集》就会再多几卷,说不定还能把酝酿已久的长篇写出来呢……哎,文人与烟,真是个复杂的话题。烟的功过是非,成了一笔糊涂账,叫人无法评说。

　　不知幸也不幸,我也抽烟,烟龄已近三十年。回想"文革"初期,无端沦为"黑帮","牛棚"度日,痛苦万状,忧思难解,愁闷难排。于是,就抽烟了,想从烟中得到一丝慰藉。后来,虽恢复了自由,却再也离不开烟。再后来,常常伏案写作,就更是不可一日无此君。一掂起笔,就想起烟。特别是文思不畅时,就要不断抽烟;往往,写出的句子接起来还没有抽掉的烟卷儿长。明知抽烟有害健康,就是不能痛改前非。大凡女人都不支持自己的丈夫抽烟。我只见到一个特例,一位太太数落自己的先生:"你算啥东西,连烟都不会吸,出去能办成啥事!"我妻不喜欢我抽烟,却也无可奈何。不抽烟,就不能写作,不写作,就不能领"作家"这份薪俸,也不能换来或多或少的稿酬,这就要影响全家生计了。兹事体大,也只好由着我了。也曾想到戒烟。如果把烟钱省下买书,我的藏书会增加很多。如果把烟钱省下买肉,全家人的伙食水平会提高不少。确曾戒过,有次戒了两天,有次戒了一晌,戒罢就故态复萌,又抽起来。无怪乎马克·吐温曾调侃道:"戒烟是很容易的事,我已经戒过一千次了。"如此看来,自觉戒烟,委实不易,便异想天开地盼望再出一个林则徐,索性把纸烟也禁了,谁再抽,绳之以法。再一想,不成,禁了纸烟,不独亿万烟民反对,连国家也会损失一大笔税收,那还了得!

写到这里,不期想起梁实秋,不禁敬佩梁实秋。他自海外留学起,便染上烟癖。由一日一包,而一日两包,一日一听,烟瘾可谓大矣。突然间心血来潮,要考验自己的意志,决定戒烟,竟真的戒了,彻底戒了;戒烟后,照旧著译不辍,而且一直写到八十四岁。在《吸烟》一文的结尾,他写道:"我吸了几十年烟,最后才改吸不花钱的新鲜空气。如果在公共场所遇到有人口里冒烟,甚或直向我的面前喷射毒雾,我便退避三舍,心里暗自诅咒:'我过去就是这副讨人嫌恶的样子!'"抄下这段文字,又想到自己也该戒烟。能戒掉吗? 信心不足。掂量有顷,竟又点了一支烟。

1994 年 9 月 17 日

戒烟记

◎王春瑜

自古至今,吸烟者与日俱增,中国患此特种"相思"病者,大概少说也有两亿人,不能不说是一个惊人的数字。

说来惭愧,我虽然写过《明清之际吸烟状》,了解吸烟的历史以及烟草中尼古丁对人体的危害,但仍然当过二十多年的烟民。一九六一年开始抽时,我妻过校元女士对此极力反对,说有百害而无一利。但我不听劝阻,说我只抽好的,不抽差的,每次只抽半支,绝对不会上瘾。但是,不出两个月,我渐渐上瘾,从半支到一支,从一支到数支。回首往事,我倍感沉痛的是:当时我们斗室一间,晚上校元及我们的儿子宇轮入睡后,我读书、写作,吸烟不止,毒化了室内空气,使他们母子被动吸烟,损害了他们的健康。我的工资是四十四元五角,后来加到六十五元五角,每月吸烟要花去十元左右,对于家庭来说,不能不说是沉重的负担。倘不抽烟,将这笔钱用来增加他们母子的营养,岂不甚好?一九七〇年冬,校元不幸去世。就抽烟而论,深为她所厌恶,但我却未能"改恶从善",实在是愧对亡妻了。

"四人帮"被粉碎后,我赶紧夜以继日地读书、写作,力争将失去的锦绣年华补回来。《论八旗子弟》这篇发表后很有社会影响的学术论文,就是我熬了一个通宵写出来的,右手执

烟

笔,左手拿烟,一根接一根,差不多抽掉了两包烟。自六十年代我吸烟后,支气管炎越来越重,一到冬天更是常常咳嗽不止。一九七九年春天,我在参加纪念"五四"运动六十周年学术讨论会后,随与会代表登长城,爬上烽火台后,塞外的寒风扑面而来,支气管炎顿时发作,几乎气都喘不过来。我挣扎着下山,服了不少药,调理了好多天才渐渐康复。吸烟对我健康的戕害,于此不难想见。

从二十世纪六十年代到八十年代,我难道就没有想到过戒烟吗?不,不仅想到,而且付诸行动,起码戒过三次烟。少则一星期,多则一个月,甚至将近半年。喝过戒烟茶,吃过戒烟糖及瓜子、糖果之类的代用品,但终未奏效。而且戒了较长时间后又抽上,比原来抽得更多。有位烟友嘲笑我说:"你能把烟戒了,除非狗不吃屎!"我不禁暗暗问自己:难道我真的"他生未卜此生休",抽烟一直抽到"呜呼哀哉,尚飨"吗?

然而,曾几何时,狗仍在吃屎,我却把烟戒了!而且非常彻底。倘说客观原因,自然有一些。一九八四年春天,我至沪探望"文革"中患难之交、老学长杨廷福教授。他身患肺癌,在医院的床榻上艰于呼吸,拉着我的手,哭着说:"王兄,我们不是一般朋友,是患难之交啊,你看我在这里苟延残喘……"我听罢泪如雨下,失声痛哭起来。不久,这位著名的唐律、玄奘专家就与世长辞了。他的肺癌肯定与他被打成"右派"后减少了工资、只好长期吸劣质烟有关。每当夜深人静,我常常想起廷福兄与我诀别时的情景。人生自古谁无死?但像他那样在学术上正如日中天时死去,而且还死得那样痛苦,不能不使我悚然而惧。一九八五年底,我因心脏不适住院治疗,医生微笑着对我说:"您看您,还要抽烟吗?"我顿有所悟,当即掏出袋中的香烟,交给儿子宇轮,从此结束了我的抽烟史。出院后,我谢绝了任何人向我敬烟,两个月后,我就十分讨厌烟味了。回顾往昔二十多年的抽烟、戒烟史,自己不觉哑然失笑。什么"抽惯了,不抽烟写不出文章",纯属废话。我戒烟后,不是文章照写、书照出吗!年年冬天折腾我的支气管炎,更是不治而愈。"丈夫志,当景盛,耻疏闲。"一个男子汉,倘有一点大丈夫气概,没有戒不了烟的。"老子再也不抽了!"当时我就是这么想的。什么戒烟糖、戒烟茶,在我看来,全是瞎掰。

读史明志。我希望瘾君子们读了不才的这篇吸烟、戒烟小史,能够像我十几年前那样,痛下决心,告别抽烟,不再害这种"相思"病,并能在彻底戒掉烟瘾后,跟我一样自豪地说:"你看,狗还在吃屎,咱可是把烟戒成了。"不亦快哉!您说呢?

2004 年 6 月 7 日

戒
烟
记

烟

借烟消愁愁更愁

——闲话"戒烟"

◎琦君

由于肺癌统计数字之日益上升,大部分重视自己和别人生命的中老年人,都已逐渐戒绝香烟。反而是青少年们,吸烟的更多。美国烟盒上虽印有"吸烟可能致癌"的警语,他们也视若无睹。因为飘飘欲仙是眼前的享乐,致癌而死是不可知之数。听说现在中小学生吸烟的竟然也愈来愈多,真不能不令人深以为忧,而大声疾呼"戒烟"。

因此,在报刊上时常读到有关戒烟的文章。有的语重心长地指出香烟为害之烈,有的轻松地娓娓道一己抽烟戒烟的有趣经历。有的幽默地视烟为良朋知友,它既曾伴你度过不少寂寞岁月,解除你的烦忧,即使与它告别,也不必视若仇雠。但每篇的宗旨,都在劝谕人们戒烟。

我与外子都曾一度抽烟,幸未成瘾。我家乡话称这种抽烟为抽"爽烟"。"爽"者,轻松愉悦,不受控制,毫无压力之意。那时我们住在办公室大楼底层的一间小宿舍里,因屋子淋隘潮湿,朋友劝我们偶然抽支烟可以去除湿气。于是我们总在晚饭后,放下碗筷就各人点上一支烟,觉得一天的疲劳,或些许的不愉快,都如轻烟吹散。那一支"爽烟"给予我们的慰藉,无可名状。我们自"新乐园"而"长寿"而"总统",牌子步步高升,却总保持"饭后一支"的习惯,平时也想不起来要抽烟,更不会在公共场合抽烟,可说是真正的抽烟"隐"君子。因无人知道我们抽烟也。

搬离那间小宿舍以后,"饭后一支烟"也自自然然地被遗忘了。如今烟瘾大的倒是那"而立"之年的儿子,每回看他摸出漂亮的打火机,啪嗒一下,点上一支,昂首吞吐的得意神情,我就忍不住问他:"你不能少抽一支吗?"他漫应道:"我已少抽一支啦,那支少抽的你没有看到呀。"我生气地问:"当着老母,你这样地抽,心里也不觉得过意不去吗?"他才把大半截烟熄灭了,还说:"本来也只能抽三分之一,这样才比较卫生。"我叹口气说:"你丢弃半支烟就是安全了,你吐出来的那半支二手烟,可就孝敬了父母了。"他只是默然。为了劝他少抽烟,往往弄得不欢而散。

他成家以后,媳妇是不抽烟的,我心想妻子的劝说总比长辈的告诫有效。谁知婉顺的媳妇,不但未曾劝阻,反为他购置名牌打火机、艺术化的烟灰缸,摆在他左右手,由他撒开地抽。我每回到他们那儿,看见烟灰缸中的长长烟蒂就生气,她笑嘻嘻地说:"妈妈,劝没用的啦,劝他别抽,反倒两个人都不开心,我们上下班时间不同,他一个人待在家里寂寞时偶然抽一支,工作时他并不抽,比以前已少抽多啦!"她如此护着他,我也落得眼不见为净。

我把报刊上所有戒烟的文章全剪了寄给他,最别出心裁的是每回都附一包口香糖,告诉他,想抽烟时就嚼口香糖。把三十岁的人,当做三岁的幼儿,老母的用心可谓良苦矣。他打电话来说:"妈妈,口香糖吃了,文章也看了,很好。"我说:"好什么呀? 烟开始戒了没有?"他说:"已经更少抽了。嚼口香糖的时候就不抽烟啦!"他真是很"诚实"的。

外子有一位同事,下决心戒烟,买来一种五颜六色的糖,淡淡的香味。听说里根总统最喜欢吃这种糖,故幸运地被起名为"里根糖"。总统先生日理万机,思考国家大事时,口含一粒,想来可能比香烟更有助于他的政治灵感。在电视上,看里根唇红齿白、颊泛桃花、青鬓年少的风度,大概是不抽烟而含糖的功效吧。

我把这种糖告诉媳妇,劝她买来给他吃。她边听边笑说:"妈妈,您就不必操那样多的心啦,他打工也好,当'总统'也好,您不是说各人头顶一片天吗?"我只有哑口无言了。

倒是他们回家里来,儿子不再当着我跷起二郎腿抽烟了。可是吃完饭,就频频催媳妇快快洗完碗,快快回去,想来他"饭后一支烟"的瘾发了,也就不再强留。

在阳台上看他们上车,车门还没打开呢,儿子已经一烟在手了。目送车子远去,心头浮起的一丝怅惘,又岂止是淡淡的"烟愁"而已呢?

提起"烟愁",使我想起幼年时烟瘾比我父亲还大的小叔,他叫我从父亲那儿偷"加利克"香烟给他,他就表演吞烟和吐烟圈给我看。他吐烟圈真像变戏法一般,一个接一个,小烟圈从大烟圈里穿出去,看得人目瞪口呆,他说吐烟圈只能难得表演一次,太浪费烟了。烟一定要一口全部吞下去,经过五脏六腑,才慢慢儿从鼻孔喷出来。颜色是灰黄的,和青青的烟圈只从嘴里吐出来的不一样。幸得那时乡间地方广宽、空气清新,抽烟的人也少,不觉得什么污染。想想今天在稠密的社区中,那一口口从五脏六腑吐出来的带灰黄色的"二手烟",你再吸进去,就算没得肺癌,也够腻味的了。梁实秋先生在"二手烟"

一文中说:"你吞云尽可由你,你吐雾连累人,却使不得。"可是瘾君子于吞吐之际,何曾想到别人? 莫说不相干的别人,做丈夫的连妻子都顾不得呢。一位好友的妹妹,一生不抽烟,却得肺癌而死,原因就是被丈夫熏了一生。可见"二手烟"比"一手烟"更凶。

联副上刊出很多"香烟警语",例如:"吸一手烟是病从口入,吐二手烟是祸从口出"、"生命掌握在你的两指之间"、"生活在烟雾中,玩命在悬崖上"都颇为精彩,当可收醍醐灌顶之功。我真恨不得再添上四句,乃是当年那位抽烟的小叔自嘲的一首诗:"尝尽辛酸白尽头,吞云吐雾此生休。轻烟一命随风去,待见阎王细说愁。"他笑对我说:"这叫做绝句,绝句者,绝命之句也。"在那时他就预知烟之为害,是可以送命的。因为他已不止抽香烟,而又染上了大烟,他一生好像有受不尽的委屈,吐不尽的牢骚。只为叔祖母子女太多,将他送给别人当义子。义父管教严厉,义母慈爱而早丧,义父再娶后又生了一子,他愈感被冷落,终日在外游荡。却最喜欢我,讲典故给我听,念诗词给我听。在父亲书橱中随手抽出书来看,便过目不忘,父亲爱他聪明有才气,劝他用功上进,他就是不听。像是吊儿郎当的游戏人间。最记得他新婚时刚进洞房,就问新娘有没有带香烟? 新娘含泪低头不语,他就从窗子里爬出去整夜不归,哭得新娘眼睛肿如葡萄。他后来还得意地念首"诗"给我听:"无烟无酒一新娘,未语何因泪满裳。此夕月圆君记取,也应地久与天长。"我问他:"这也是'绝句'啰?"他笑笑说:"这不算'绝句',因为是讨香烟的,香烟者,继承香火也,所以不是'绝句'。"他就是这般的玩世不恭。后来生了个儿子,他常常让儿子骑在肩头,背着到处闲荡,把儿子左耳上拴命的金圈圈都拿去买大烟抽了。却抱着儿子边哭边笑地说："儿子呀，你可别学你爸爸这样没出息，给你妈争口气吧。"听得我都掉下泪来。

他就是因为童年时未能充分享受父母之爱，心理不正常，成了今日所谓的问题少年。但他心里明明很悔恨，我父亲去世时，他跪倒在灵前，泪如雨下，马上作了一首挽联："涕泪负恩多，忆十年诲谕谆谆，总为当时爱弟切。人天悲路渺，对四壁图书浩浩，方知今日哭兄迟。"情词之真切悲痛，我至今默念，犹不禁泫然欲泣。

记得母亲那时常常捂着胃说心气痛，小叔就递支烟给她说："大嫂，抽几口烟就会好，这不是心气痛，是消化不好。"母亲就不声不响接过去眯着眼抽起来，居然不像我学吐烟圈时，抽了就呛。我奇怪地问："妈妈，你会抽烟的呀！"她似笑非笑地说："你爸爸以前也给我抽几口的，他说心气痛抽了会好。我坐在他边上，闻那种雪茄烟的味道才香呢！"说着说着，她忽然把烟使劲在灶头一按，说："不抽了，烟熏得我眼泪都要流出来了。"小叔悄声对我说："你妈妈的眼泪，哪里是香烟熏出来的呢？"我当时还真惽惽然呢。

他对我讲李清照"薄雾浓云愁永昼"那句词说："这固然指的是屋外的阴沉天色，屋里的缭绕炉烟，却愁得她比黄花都瘦了。李清照若生在今天，一定也会抽上香烟的。"我说："那是借烟消愁愁更愁啊！"

这都是陈年的事了，写着写着，就不由得一幕幕情景都浮上心头。

说起李清照的这阕词，其实，谁都偶有"薄雾浓云愁永昼"

的时候。香烟是否能解愁，还是更添愁，是很难说的。依我过去抽"爽烟"的经验，倒是在心情十分愉快时，才会想起烟来。记得在上海念大学时，与一位最知己的同学，总在每回考试完毕后，轻松地买一包烟，一瓶葡萄酒，在宿舍斗室中浅斟高谈。我抽烟，她吸我的二手烟，我当时连抱歉的观念都没有，只觉得一吐一吸，彼此"息息相关"的快慰。烟抽了两三根，剩下的就丢在抽屉里发霉了，也从没想到以烟解愁过。在台湾住湫隘宿舍那段时日，前文已说过，那是神仙般的"饭后一支烟"，既无瘾，也不必戒。来美后有一次与好友又宁说起在大学时与同学喝酒抽烟谈心的往事，细心又风趣的她，每次在我们相约见面时，都不忘带一瓶淡淡的白葡萄酒、一包温和的香烟。在她圣约翰大学校区咖啡室里，或纽约一处气氛静谧的餐厅里，我们边饮边谈边抽烟。烟抽不了几根，倒是每次都把一瓶葡萄酒喝光，浅醉微醺中，觉指间一缕青烟，益增清趣无限！

　　写至此，倒是像在劝人抽烟了。其实我的意思是，烟既不能解愁，就千万不要在愁时抽，抽"闷烟"与喝"闷酒"一样，有伤身体。更何况忧能伤人，其为害恐不亚于香烟呢。

　　想起宋儒的养生之道是"常快乐便是工夫"。有一个病人请教阳明先生"格病工夫如何着手"？他的回答就是这句话。喝闷酒抽闷烟是一种病，上了瘾更是病。何不先把心情调整得快乐一点，在"烟"逢知己的情况下偶然抽一两支"爽烟"，也不致构成给对方吸二手烟的伤害。爽烟随时随手可以丢开，既不致有戒烟之苦，也不会感到"借烟消愁愁更愁"了。

烟

◎马国亮

　　对于烟，像普通人一样，我最常吸的是卷烟，其次便是烟斗。不过吸烟斗的时候总是在冬天多，因为冬天戴上手套不宜于拿纸烟（我是没有用烟嘴的习惯的。几个月前曾因一时高兴买了一只差不多有六七寸长的烟嘴，但只用了不到一月，又不知丢到什么地方去了），况且拿着烟斗无异于拿着一个小火炉，可使手感到温暖，遇着下雨下雪在马路上走着时，更可用手掌将斗口掩护，不致像纸烟一般容易给雨雪弄熄。更因为盛烟丝的盒和烟斗也是颇为占地方的，冬天放在大衣袋里是便利不过。同时我又颇为迷信于人家所说纸烟最易使人喉间发燥，是因为它烧着纸块，烟斗的烟丝较为湿润，又没有纸质，于天气干燥的冬季最为适宜，所以近一两年来，冬天简直是拿烟斗替代了纸烟，一直到夏天才教它躺在抽屉里休息一回。如今又是深秋了，大概请它出山之期，也不远了。友人梁得所君也曾写过一篇关于烟的文章，他说烟斗是失恋的安慰者，当一个人衔上了他的烟斗，便是他失恋的表示，当他放下了，便证明他寻到了新伴侣，从苦闷中得到了解脱云云。梁君是与烟无缘的，也难怪他不懂这"冬出夏藏"的道理，假如他的话是对的，那么上帝！我岂不算是一年一度地失恋，而又一年一度地获得新恋么？

因苦恼而吸烟斗是未尽然,因吸烟斗而招惹起苦恼却是常有的。当我在戏院里衔上了烟斗的时候,常常要看见旁座的观客们深深地锁起他们的眉梢,把戏单使劲地挥着从我这里飘过去的烟雾,表示出极不高兴的样子,使我不得不把还未烧完的半斗烟丝不忍地弄熄了。在很相熟的朋友家里吸着的时候,他们家里的人们更不客气地要把我撵出门外,门外是寒风砭骨,不是好玩的地方,到底要我答应了把纸烟替代了烟斗才允许我安坐在内。同样一种烟,我觉得很香而他们却觉得臭,在烟的气味上,我发现了两种绝对相反的真理。

　　对于烟,我戒而复吸者不止十次,总是不能丢却,虽然我并不会因为不吸而至精神委顿,而至眼水鼻水口水一齐来,我很容易戒除,正像很容易破戒一样。近来却好像觉得此后也无须再有戒掉的必要了。我常以为,假如一个男子对他的妻,或一个女子对她的丈夫,都像一般有烟瘾的人对待他的香烟一样,丢来丢去总舍不得丢开,那么法庭里一定可少却许多麻烦的离婚案的审理,而美国的许多人也不必专往兰诺城(Reno)跑了。辛克莱说一切的刺激品也便是麻醉品,这个意义也很适合于夫妇之道,男女所以要离异,不外某方面已引不起对方的刺激,或某方面不能麻醉对方,假如人人能把对香烟的心境互相对待,既可引起兴奋快意的刺激,又能在爱情中感到陶醉,人间的伴侣,多少幸福呢!

　　有些平日吸烟的朋友,一旦找到了一个爱人,为表示她的尽心尽意起见,不惜服从爱人的命令而把多年的老友——烟——丢掉。我觉得这未免矫枉过正,大可不必。爱情也有它浓淡不同的时期,与其在热烈时服从命令而戒掉,待到淡薄时再吸起来,那么何不索性光明磊落,始终吸着,以免后来太

烟

露痕迹呢！恋爱原不在乎吸烟的小节，吸烟并不算是了不得的坏，至于那辈男人吸烟也得禁止的女人，实在也不是好惹的东西。假如你真觉到烟之无味或为避免耗费钱财起见，那我也要赞美你的高明。假如你戒烟是因为要服从爱人的命令，那么我便不敢恭维了。

关于烟与卫生的问题，我曾请教过许多医学家。有的说烟中所含的尼古丁于人体很有害；有的说少吸无妨；有的说不吸固佳，吸亦并无大碍；有的甚至说吸与不吸都是一样，无所谓益，更无所谓害。我虽不是相信那完全无害之说，仅是说无大害，便已够我做维护自己原有乐趣的理由了。也曾听见某人说，吸烟有害与否不提，单是每年省下的金钱已很可观。不过我觉得吸烟至少是给了我一种乐趣，每年付出若干钱去换回这种乐趣，在我看来是很值得的。老实说，以我自己来讲，就算从此不吸烟，也不见得会将应该买烟的钱储蓄起来，反正也是糊里糊涂地用光算了。我吸烟纯然因为自己的一种乐趣，但我却从不劝人学吸。以吸烟为乐趣的我，也自然有以不吸烟为乐趣的别人。

我每天吸烟并不多，总不会超过十支以上；我认识许多吸烟的人，每天吸二三十支是常事，尤其是那些做文字工作的更是平常，原因是他们一边做文章一边衔着烟卷，和我恰是完全两样。我在工作的时间简直是不能吸烟，一边工作一边吸，在我是很少有的事。我通常是把工作做完了一个段落之后，才停下了笔来细细地享受一支烟，吸烟就是在休息的时候，烟烧完了才继续去工作。我认为吸烟是一件乐事，必得在快活舒适的时候慢慢享受。读一本好书，我必先喝一点水，燃着一支香烟，才把书面揭开；接到一封好朋友的来信，我也必坐得舒舒服服的,点上一支烟,才去把信拆看。

但是你不要以为凡人无论何时,只要吸着烟的都是他最快活舒适的时候。一个画家右手拿着画笔,左手执着烟卷,前进后退地把两眼紧盯着他的画布;一个作曲家执着烟卷,另外的一只手在琴键上反复地照着他面前的草稿弹出它的音阶,屡次改了又改;或者是一个文学家掷下了他的笔,衔着烟卷仰望天花板,或是起来绕着斗室踱步;这些,都是他们最痛苦的时候,一定是他们对于他们作品的某点不满,才借着这一支香烟在他们的脑海里苦苦搜索着,因为如果他们情思奋发时,那画家一定很得意地挥动他的画笔,那作曲家也一边写了又弹,弹了又写,那文学家也低头嗖嗖地写个不停,而那烟卷也必定被忘记在盛烟灰的碟子里了。反之,在他们的工作告一段落之后吸着香烟,踌躇满志地品味着自己的作品,脸上挂着满足的微笑时,那又和前者所说的截然不同了。同是吸一支香烟,有时是最痛苦的象征,有时是最快乐的表示;在吸的方面,我又发现了两种绝对相反的真理。

有一个正预备出社会做事的朋友,他平素是不吸烟的,但他曾对我很坚决地说,将来必得练习吸烟,因为他每次逢着别人敬烟给他,而经他辞谢了之后,他总要受对方几句无聊的称赞,就是称赞他不吸烟,是个有为的青年。他便因为这点而在我面前大发牢骚,说这种称赞,简直是一种侮辱,他的意思以为不吸烟的未必是有为,而吸烟的定是无为的青年,这简直不是称赞而是无聊的嘲讽,所以非学吸烟不可。他现在已投身社会,他有否学吸烟不得而知,不过近来不吸烟的人比从前多,确是一件显著的事实。年来获识新交不少,初见面时,我总是依着惯例敬以香烟,可是不接受者竟占多数。虽然我也

烟

没有称赞他几句，但是从他的婉谢中，我一个人坐着幻想的时候，我会无聊地一穷这个究竟，为什么他不吸烟？大概是为了没有这种嗜好。但是为什么他没有这种嗜好？因为从前有人告诫他不要吸。他拿什么理由告诫他？因为他说烟草中有尼古丁，而那尼古丁是有害身体的。我想到这里，不觉懔然！我觉得我拿香烟去敬客，接受的便觉得这是善意的；婉谢的呢，就无异于说这是毒物，不肯接受，于是我这敬烟者便成为恶意的进毒了。同样的香烟奉客，我在这里，再次发现了善恶两种绝对不同的真理。

话虽如此，我自己也很放心，我知道那些拒绝我香烟的朋友，完全是因为无此习惯的缘故，他们不但不会以我的敬意为恶意，并且我更知道他们也同样地感谢我的好意的，虽然他们是辞而不受。朋友，现在你读了这篇文字，也许将来会有一天你我谋面的时候，假如我向你奉上香烟时，你抽取一支，我便为你划上火柴；但如果你是不吸的，那千万不要因记起我的这段话，为了怕我要怀疑你当我是进给你毒药，因而勉强吸一支，因而使你呛咳、迸泪，那我便更为罪孽深重了。

对于吸什么烟，我是素来不很计较的。有一个朋友，他却分得非常清楚。他在办公室里吃的是中等香烟，在家里吃的是上等香烟。他说，因为他回家还时时做工作，所以值得以上等香烟来酬劳自己。至于他身上带着的是下等香烟，那是因为吸烟的朋友太多，路上相见，也得应酬，若不用下等香烟，则所耗颇巨云云。至于我，虽也有时买一罐比较好的香烟放在寓所，因为在寓所的时候少，任怎样贵的烟，都抽不到多少。至于我平日来往的朋友，多数是不吸烟的，所以也无须预备一种下等香烟，以作节省金钱之用。而且我又有一种怪脾气，每买到一包上等的好香烟,总愿意给别人尝尝,听到他赞美那支烟时,心里便异常快乐,好像这烟是自己制造出来的似的,自己也莫名其妙为何竟会如此想。

朋友,就以这一篇毫无价值的文字算我献给你的一支香烟罢,虽然是下无以下的下等香烟,还幸它完全没有尼古丁的成分,你总不会说我是向你进毒的。

在这多难的年头,朋友,不要怨命怨天,能够有一个吸烟的余暇,已经是很不错的了。

烟

烟毒考

◎刘焕鲁

一九四〇年夏天,丘吉尔在北非前线与爱将蒙哥马利到一家餐馆就餐时,他问蒙哥马利喝什么酒,他答道:"水。我不喝酒,不抽烟,睡眠充足,这就是我保持百分之百状态且捷报频传的原因。"丘吉尔幽默地反唇相讥:"我嗜酒如命,很少睡觉,一根接一根地抽雪茄,这就是我保持百分之二百的状态且指挥你获胜的原因。"

这当然是吸烟的人对未染此种恶习的人的一种调侃,有时也是一种无奈,一种自嘲。在一个科学的世界里,没有谁能证明吸烟的无害反而夸夸其谈吸烟的有益而不觉得"英雄气短"。不过丘吉尔断无稽考过中国人写的一本叫《香祖笔记》的书,称许烟"可明目,有避疫之功"的。似此一说,不知"成就"了多少烟民。烟对人有益还是有害,总也有一个漫长的渐次深入的认识过程。"浓烟出口,化作纤云,心事随之飘开,神思因而缥缈",使人完全忽略了烟对自己生命充满了杀机。"吸烟无害"论者当时一定很注重此说。在上个世纪二三十年代的文学期刊《语丝》、《人间世》上面,偶见发表的如《吸烟》、《烟后乱说》、《论烟》等短文,有人就认为"吸烟是艺术的事情,但能享受这项艺术,必须讲究吸烟的艺术",并且教人"吸烟不当专吸某一类的,应当在适宜的时候来吸各类烟才好;照普通生活来分配,早晨当吸水烟,出门当吸纸烟,中午饭后当吸雪茄,晚饭后当吸旱烟,星期日当吸一次鸦片,到田野去玩该吸潮烟,这些好处,理论说来太长,事实可为明证,诸君不信,曷尝试之"(见 1934 年 4 月 5 日出版之《人间世》)。

请不要误会,这不是烟草推销广告,然而它具备不是广告的广告效应,也只有文人的笔才能产生出这种"效应"。或许,这才叫真正的烟民呢。烟民很容易不讨报酬自觉地承担起宣传义务,且绝对能达到让试图戒烟的人继续吸烟的目的。

现在,经过一个星期的练习,我已经学会吸烟,而且破了三毛钱,买了一个烟嘴,两毛钱买了一个很精致的烟匣子。如果他还活在世上……看见我这个时候的习惯,或许也要问吧:"大哥,你不是顶反对吸烟吗?"啊,我又吸烟了!

反对吸烟的人"又吸烟了",不管对谁,说的也是戒烟之难,劝人戒烟不能形成不吸烟的助力,有时还会适得其反,形成"反助力",实在也说明烟的诱惑力之大。诱惑力来自哪里呢? 似乎是时尚,是时髦。

大约是一个月前的某星期日,小屋子里照样满堆着人。谈的问题非常随便而又复杂,不久便扯到吸烟的种种。司君说,我七岁已经吸烟,后来因为得了黄病(贫血,抑或黄疸性肝炎?),家中严厉地禁止,直到中学,才又开戒。颜君是八岁吸烟,算起来资格最老,而且也有很好的成绩。谈得高兴,他们嬲着我吸一根试试。不料吸的结果,失败,苦溜溜地辣。他们觉得奇怪,为什么我很好喝酒,而不能吸烟。

以上引自民国名刊简金《卷地潮声》一书。七八岁的孩子"吸一根试试",非时尚所致,非趋于时髦,仅出于好奇,吸一口"苦溜溜地辣",也就罢了;问题是周围的小友、身边的大人、街上的路人,都叼了根香烟,这就具备了心理学上"无条件刺激物"的条件,"狗吃食物时就必然会分泌唾液,食物就是引起唾液分泌的无条件刺激物"。人的环境也是。"社会是个大染缸",诠释了这种理论。

时尚与时髦是一种心理驱动。在宣统辛亥以前,穿西装的寥寥无几,那时的人觉得中下等人才穿"洋服"。但辛亥革命之后"兢以洋服装为时髦。……迨至十余年,约在乙丑、丙寅之间,以三克为时髦,谓之三克主义"。什么叫"三克主义"?清末人刘声木《苌楚斋随笔》解释说:"目戴克罗克,外国一眼镜片名,译音如此。手拿司的克,西人抒手棒(即所谓'文明棍')。口衔茄力克(即雪茄),乃西洋一种烟卷名,亦译音大致如此也。"

时尚与时髦,不像吸烟那样会出现强烈的生理感受,却能出现强烈的心理感受。人的天性一般拒绝服食对欲望有遏制力的药物,也没这种药物,致使种种对欲望的渴求生生不息。"时"无时无刻不随着人们所处的环境潜移默化为人的浮躁。"浮躁"有"骚动"的意思,让你说不出哪里"痒痒",反映在意识里或潜意识里,心心念念地觊觎"跟时尚"、"赶时髦",人家减肥她就觉着自己胖;人家打喷嚏他就想喝感冒冲剂。一旦抱有这种心态,是能够冲击幼小的心灵的。七八岁的"烟民"岂不就是这样?

时尚与时髦之所以成"气候",还在于人的趋众与效仿,因此吸烟的队伍即使可以有限节制却难以抑制住无限膨胀,所以"今世公卿士大夫，下逮舆隶妇女，无不嗜烟草者"。《方氏物理小识》说，"烟草出吕宋国，一名淡巴菇，中国惟闽产佳。万历末有携至漳、泉者，马氏造之，曰'淡肉果'，渐传至九边皆衔长管而火点吞吐之，有醉扑者。崇祯时严禁不止"。

又据《蕉轩随录·续录》载："乾隆以前尚系用木管、竹管，镶以铜烟锅吸之，名曰旱烟。后则甘肃兰州产水烟，以铜管储水之中，隔水呼吸，或仍以旱烟作水烟吸。而水烟之名，又有青条、黄条、五泉、绵烟诸目。旱烟袋大小不等，以京师西天成家为最。水烟袋用白铜制者，惟苏州汪云从著名，湖北汉口工人亦专精制造。近年来又有铜制二马车水烟袋者，以皮作套，空其中，一安烟袋，一安烟盒，两旁有烟纸筒二，可以熄火，制作益精，且便于携带，于北地车中最宜。洋人复制烟叶，卷束如葱管，长仅三四寸，其味烈易醉，若鸦片烟之流毒天下，实非旱烟、水烟比矣。"

这简略记录的可以说是中国烟草小史的提要，读后使人能明白"大概"。对烟的初始吸法也历历在目。乾隆皇帝身边有个纪晓岚，堪称历代烟民的代表人物。他是吸旱烟的，"每一次烟锅中可装二两，自内城至海淀尚不尽，都人呼为纪大锅"。一袋烟能从紫禁城吸到今日之清华园，那时乘轿或骑马也不知需要几个钟头。中国人口众多，消费能力淫浸漫漫无止境的消费市场，这一点英国人是最先看到的，也就有了鸦片战争的缘起。而且中国人极善"举一反三"，鼻烟也属国人的创造，"细如粉末……以玻璃为瓶储之，瓶之形状种种不一，颜色亦具红、紫、白、黑、绿诸色，白如水晶，红如火齐，极可爱玩。以象牙为匙"。到了后来，鼻烟壶"高级"到用翡翠、白玉、玛瑙制作，"一壶值数十金、数百金者"。吸鼻烟似是贵族或有钱人的时尚与时髦,当时有一首竹枝词云:"皮冠冬夏总无殊,皮带皮靴润酪酥。也学都门时样子,见人先递鼻烟壶。"鼻烟壶在今天的文物市场时常见到,价格有些仍很昂贵,其精到的工艺,收藏者多以为"物有所值"。难怪刘声木感慨地说:"昔司马温公携茶,以纸为贴,范蜀公用小木盒子盛之,温公见而惊曰:'景仁乃有茶器也。'盖不知后来茶器精丽,极世间之工巧者。古今时势,如出一辙。今之烟壶,非即昔日之茶器欤?"这可真是"吸烟是艺术的事情"了。

好在当今已无人怀疑吸烟的无害,却也无人怀疑戒烟的无力。评论家凌迅君决心戒烟,由每日两盒不止,递减为每日十二支,耿耿于此,度日如年,不出两月,又突破一盒之"大关"了。戒烟很难,禁毒尤难。法律禁毒不禁烟,也是处在"罚不责众"的困惑之中。联合国一年又一年的"戒烟日",恰是面对世界广大烟民的困惑日。烟商的真无情,对应着执政的真无奈;烟民的真无知,对应着法律的真无法,眼巴巴看着烟草事业真发财。不像禁毒,明着暗着都抓,有人用脑袋换钱花,自也是真"傻帽儿"。

吸烟几与吸毒同宗,吸毒却是吸烟的最高级别,简直像"战争是革命的最高形式"的比喻,不是你死就是我活了。吸毒什么滋味?不瞒您说吧,可"真真"超过了"心事随之飘开,神思因而缥缈"的生理感受呀。日本宫城冈千仞振衣撰写的《航沪日记》一篇,就提到吸鸦片时的"滋味":"其昏然如眠,恍然如死,皆入佳境",那些有钱人而因之变得无钱,就是"入佳境"所致吧?

1810年,法国药剂师塞图内尔从鸦片中首次提取出生物碱,渐渐地,在这种以"吗啡"命名的麻醉药品和它衍生的海洛因、可卡因之后，当代又出来了"摇头丸"。塞图内尔恐怕并没有想到，这种"真实而血腥"的"白魔"，已经造成了人类的真恐怖。曾闻娱乐圈的某明星因涉嫌藏有摇头丸而被警方拘捕的消息，又有两支红极一时的摇滚乐队主音歌手与贝司手因过量吸毒暴毙家中。但那位明星被拘捕，对他绝不是什么坏事。或许这个机会足以使他"战胜心魔陡见光明"，是该向他祝贺的。在这个世界上，听说吸毒"极乐"，假若以此为"极乐世界"，自也是对佛的亵渎。现实中有"安乐死"，法律上多不认可；居然又有"快乐死"，山东话叫"恣死"，社会也仅能实施道义的挽救，同样不允许任何人这么"恣死"。

中国古书上有一个荒唐的故事，是说"恣死"的："人死去第一处是孟婆庄，诸役卒押从墙外以过赴内案完结，生前功过，注入轮回册内，转世投胎，仍从此庄行过。有老妪留进，升阶入室，皆朱栏石砌，画栋雕梁，珠帘半卷，玉案中陈。妪呼女孩，屏内步出三姝：孟姜、孟庸、孟戈，皆红裙翠袖，妙常笄，金缕衣，低唤郎君，拂席令之坐。丫环端茶，三姝纤指捧瓯送至，手镯丁丁然，香气袭人，势难袖手。才接盅便目眩神移，消渴殊甚，不觉一饮而尽。（再）抬眼看时，妪及三姝皆僵立骷髅……"也不知吸毒"走"后的人有无此种"极乐"经历？

吸烟是慢性自杀，一说生命遭了蚕食；吸毒是从速赴死，一说是生命遭了鲸吞。实际上鲸的喉咙极小，能吞得下人体，并咽不下人体。正由于此，脱不了要过牙齿这道关；被它"嚼"了，实在并不是"入佳境"的滋味。

敬　　启

　　因为某些技术上的原因,致使本书的个别作者尚未能联络上。敬请见书后,即与责任编辑联系,以便我们及时奉上样书与薄酬,并敬请见谅。